U0667630

悦讀紀 | 文化品位
ENJOY READING ERA | 优雅生活

阅 读 改 变 未 来

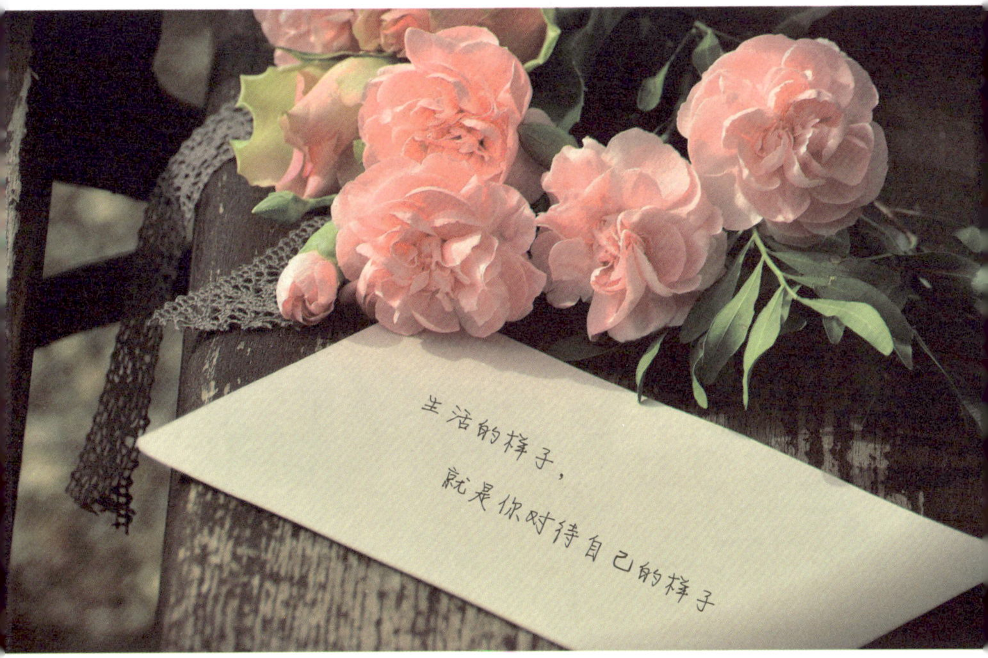
生活的样子，
就是你对待自己的样子

把 酒 喝 光 ， 把 人 爱 够 。

就这样默默怀揣记忆

而彼此祝福前行，也很好。

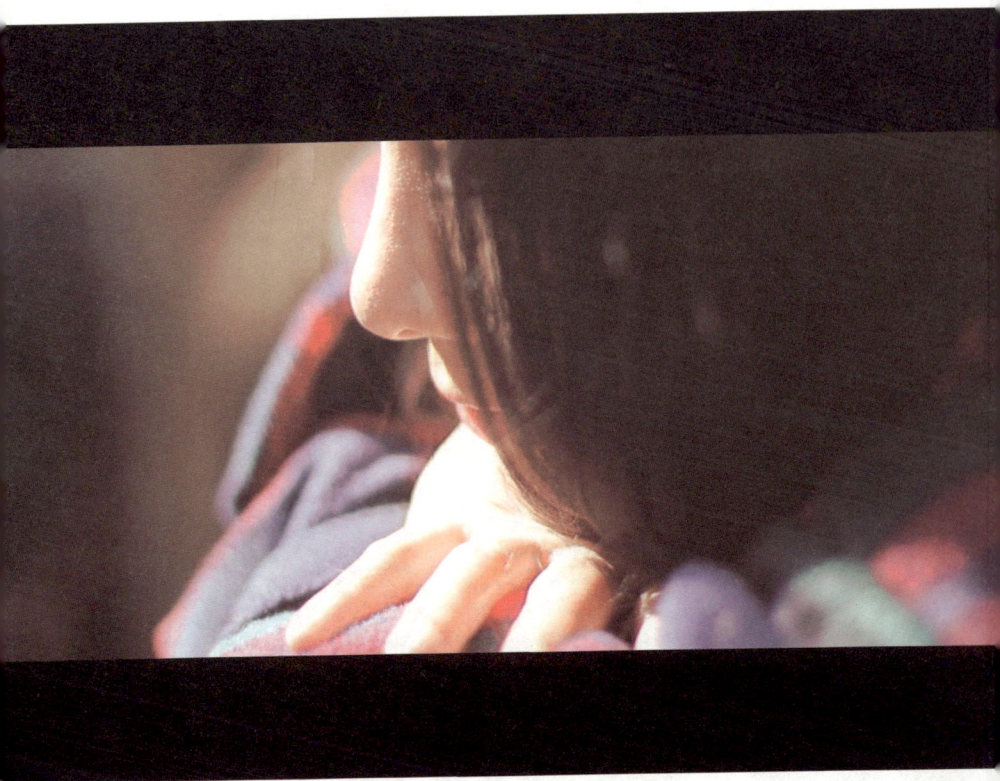

我们都是这么平凡，
却是那么多人眼中的中流砥柱。

如果你体面地出席最坏的人生，
生活也会给你腾出一条漂亮的路。

你的好伴侣，是你的底气；

而你的强大，才是你身边人的底气。

不以结婚为目的的恋爱不一定是耍流氓，
但自己不想结婚却拖住一个想结婚的人，一定是耍流氓。

那时候以为特别重要的能改变一生的转折，

在今天看来，

也不过就是"条条大路通罗马"中，

用来试错的那一条路。

我们用最大的勇气成为最好的自己。

人都有自己的取舍，自认为不值得的事，
没有人会去蹚这浑水。事业如是，感情亦如是。

我们和爱人在一起，
就像和山川河流的共存方式——不是与他捆绑在一起，
而是接受他最自然的状态。

姑 娘，
你有权
活得 体 面

作品 林一芙

GIRL

you have the right
to live a decent life

青岛出版社
QINGDAO PUBLISHING HOUSE

图书在版编目（ＣＩＰ）数据

姑娘，你有权活得体面／林一芙著． — 青岛：青岛出版社，2016.8
ISBN 978-7-5552-4360-1

Ⅰ．①姑⋯　Ⅱ．①林⋯　Ⅲ．①散文集－中国－当代　Ⅳ．①I267

中国版本图书馆CIP数据核字（2016）第166925号

书　　名	姑娘，你有权活得体面
著　　者	林一芙
出版发行	青岛出版社
社　　址	青岛市海尔路182号（266061）
本社网址	http://www.qdpub.com
邮购电话	010-85787680-8015　13335059110
	0532-85814750（传真）　0532-68068026
责任编辑	杨　琴
选题策划	杨　琴　颜小欣
封面设计	千　千
版式设计	刘丽霞
印　　刷	三河市南阳印刷有限公司
出版日期	2016年8月第1版　2016年8月第1次印刷
开　　本	32开（880mm×1230mm）
印　　张	8.5
字　　数	150千
书　　号	ISBN 978-7-5552-4360-1
定　　价	36.00元

编校质量、盗版监督服务电话　4006532017　0532-68068670
青岛版图书售后如发现质量问题，请寄回青岛出版社出版印务部调换。
电话:010-85787680-8015　0532-68068629

目录

●

第一章

不要丧失爱的能力

第二章　姑娘，你有权活得体面

心意相通
才有最牢固的感情

第三章

第
四
章

**用最大的勇气
成为最好的自己**

第一章

GIRL

you have the right
to live a decent life

不 要
丧 失
爱的能力

把酒喝光，把人爱够

"我曾经非常喜欢你"

很多年后的同学会上

他对我说

"我都不知道呢！现在呢"

"好像不喜欢了"

"喔"

真好

这样我喜欢你

就能比你喜欢我长了

第52届金马奖现场，一身校服扮成林真心的林志玲，拉着王大陆转了好几圈。

"你怎么没长大呀！"

王大陆说："可是我长大会变这样。"

镜头一转，是《我的少女时代》的片段。

那个喜欢了她十五年的男孩，在屏幕上轻轻说着，好久不见。

林志玲害羞地捧着脸颊回应着。

——好久不见。

那时候，我在听刘若英的《我们没有在一起》。

突然就觉得歌词莫名地契合——

你一直说的那个公园已经拆了

还记得荡着秋千日子就飞起来

慢慢的下午 阳光都在脸上撒野

你那傻气 我真是想念

……

世间有种很纯粹的感情叫"识于微时"。

谁都有过年轻平凡、碌碌无为的年纪。因为平凡，不须面对攀缘而上的凌霄花与处处生危的刀枪斧钺。

林志玲与言承旭相识时，都是台湾凯渥旗下刚出道的新人模特，面貌尚未经过雕琢，一如璞玉。

林志玲充其量只是个容貌清秀的学霸女孩，而言承旭，因为担负着家庭重担，显得腼腆青涩。

那条路走呀走呀走呀 总要回家

两只手握着晃呀晃呀 舍不得放

你不知道吧 后来后来我都在想

跟你走吧 管它去哪儿呀

……

彼时，两个年轻人带着两张满是胶原蛋白的脸蛋四处工作，也无暇多顾及爱情。但总有一刻，是想牵住他的手不想松开的吧。

在开往下一个工作地点的车里，她靠在他的肩头歇息，好像连工作也变得有滋有味。在吃着路边摊的时候，看着她小心翼翼吹着汤的侧脸，似乎关东煮也和世间佳肴没什么两样。

林志玲说，她最爱小王子。言承旭就攒着钱带她去日本箱根的博物馆里，看童话里的小王子。却没想到故事的结尾，就像小王子和玫瑰。

深爱。深爱且疏离。疏离且不语。

那时候小小的你还没学会叹气

谁又会想到他们现在喊我女王

你哈哈笑的样子倒是一点没变

时间走了 谁还在等呢

……

记得是在上小学的时候，连门口的零食铺都突然开始卖《流星花园》的光碟。印刷模糊的劣质盗版碟就挂在对开的门两边，铺货之广，让人以为整条马路上只有音像店。

　　言承旭突然就变成了王子。这对年轻人显然还无法适应彼此角色的转换。

　　后来林志玲坠马，言承旭写道：公主生病的时候王子在打仗，王子说他不管了，他要放下战争去看公主，但战友说，外面枪林弹雨，所有人都在看你的动静。

　　年少时已知"人言可畏"，本就是人生之大哀。但他还是去了，可是公主的病床前，有了其他的男人。他不由分说地把所有的心疼与关切，扭曲成为质问与争吵。

　　年轻时，我们用自以为对的方式表达爱情，并不在意对方是否能听得懂。花花世界里，有更多足够成熟的人，懂得善用人言，察人脸色，衬托得少年更加形貌青涩。于是，分手在所难免。

　　可是呀 只有你曾陪我在最初的地方
　　只有你才能了解我要的梦从来不大
　　……

二〇〇六年的亚太影展上，林志玲和言承旭同屏，两人尴尬地握手。在《快乐大本营》上，林志玲看到了言承旭的片段，还是忍不住要泪流满面。年少的时候，我们以为唱完骊歌还有下次再见，也以为所有的分离，不过像是今天放学我们挥手再见，明天又能一早再见。

但许多离别，说了再见也不会再见。今年，言承旭公开了女朋友张熙恩，许多媒体用了标题"不再等待林志玲"。我自以为言承旭在这个时候公开女友，是出于对林志玲的保护，他一定也不愿见到这样的标题捆绑。

毕竟我们不能希冀世间的每个人都是徐太宇，这样的等待对于爱情也太不公平。只是大家都是俗人，对于相爱过的人都抱有"破镜重圆"的期待。

我不知道林志玲或是言承旭后来还有没有再去过日本箱根，故地重游，怀想故人。冥冥中想起那个有关小王子的童话，想起那朵失落的玫瑰。

但就这样默默怀揣记忆而彼此祝福前行，也很好。

我知道你也不能带我回到那个地方。

但行好事，莫问前程。明朝再遇，期你同行。

再听刘若英的这首歌，突然有些想要流泪："你说的那个公园已经拆了，你再也不能带我回到那个地方。"

以为分开后，至少还有约会的地点，可以睹物思人，但迁去的建筑，就好像错过的时光。

既然如此，不如趁着阳光正好，*把酒喝光，把人爱够*。

那个越来越难哄的小男孩

　　我的外公，学的是暖通专业，毕业于同济大学——全中国这个专业排名最高的学校。

　　暖通这个专业，在我的理解里，大概就是做供暖通风、空调系统之类的什物。

　　放在如今，这绝对算是根正苗红的高才生。可是，试问六十年前，哪有人会用空调和供暖？这又是一个怎样寂寞的专业？

　　那个志存高远的小伙子日夜不休地汲取着知识的养分。可图书馆里翻译的德语文献、精心描摹的每一张设计图，都是他的国家咬着牙也做不出来的东西。

　　那时的他，有没有在某一刻，感受到某种袭上心头的绝望？

　　曾经有一次，听家属楼的邻居大伯说，外公在设计院的退休晚会上，握着新来的名校学生的手，老泪纵横，一遍又一遍地说着"你们赶上了好时代啊，你们要感谢国家啊"。

那位尚且年轻的学生，一如平日里的我，拗着手指用力地挣脱了出来。

他从来没有抱怨过国家。那是国家要他去做的，那是国家要他忍受的孤独，他觉得很荣耀。

而那时候，我笑他傻。

——题记

1. 他明明很害怕死亡，却想装作不在乎。

外公住在设计院的家属楼。那是一栋阴冷潮湿的老楼，剥落的电线裸露在墙外，路灯时常亮不起来。亏得整栋楼都是设计院退下的老将，路灯坏了，他们就弄个梯子，拿着电笔，颤颤巍巍地爬上去把电线接起来。

不知道从什么时候起，能修路灯的人越来越少。路灯坏了好久，都没人来修。

我从学校回来看他，他说："小囡，你帮着做个事好吗？楼下的灯好久没亮了，你扶着梯子，我爬上去看看。"

我说："以前不是二楼的赵爷爷弄吗？我们住顶楼，下去不方便。"

他叹了口气，装着很不经意地说："你赵爷爷，年前走啦！"

可我知道他在意。

福建的风俗，是在逝者出殡时，锣鼓声大噪。本来他每日必要晨练，只要听到殡葬的锣鼓唢呐，便借着各种理由躲在房间里。

看见别人送的花圈摆满家属楼走廊，他总远远地躲着。

但凡兄弟姐妹去世，他观不了殡葬礼，连在墓园里走一圈都推托。

楼下常把电闸拉上的乐呵呵的赵爷爷走了，邻居家换过灯泡的周叔去年病逝了。

他不知道自己的那盏灯还能亮多久。

故人西去难舍下，他执着不走，在老屋里守着风烛残年，大概也因为那些老去的楼道、乍暗还明的孤灯，好歹还留个生者的印记。

前些年，外公开始研究养生，印了好多关于养生的书。老学究的做派，一份一份订好，让我数好了，一共十七份。他乐颠颠地去分给他的老朋友。

回来的时候，我见他还揣着一份，就问是不是我没数好。

他搔搔头。

"那个……就是那个锦芳哪……没吭声，就这么走了……"

薄薄的复印纸，被他揉得起皱了。

"可惜了，本来这书里还有教怎么治肝癌的呢……可惜了……"

2. 我不敢告诉他，那段历史好多人已经忘记了。

去年的抗战胜利日大阅兵，我在网上放了一段录制的视频，内容是外公边看大阅兵，边高唱《歌唱祖国》，似乎觉得自己唱得不够壮烈，还边唱边拍着大腿，啪啪地做着伴奏。

大阅兵那天，我睡醒时，电视里已经在放飞和平鸽了。但我一点也不紧张，我知道在之后的一周里，自己还会无数次地看到完整版的重播。

果然，之后的一周里，外公护着遥控器，任是谁，他也不让挪开中央台。

猎奇心总是让人愿意相信颠覆自己的既往思维的言论。小时候，第一次上国外的网站，看到那些与之前的认知相差甚远的言论，顿觉自己以前受到了欺骗。

总觉得，自己的祖国虽好，但比起外国的"月亮们"，又有些不够好。

每次去旅行，若去北京，外公要问我有没有去天安门；去江西，要问我有没有去井冈山；去江苏，要问我有没有去雨花台烈士陵园；去浙江，要问我有没有去嘉兴南湖。

听得多了，我连随口欺骗都懒得，每次都用烦躁的语气回呛他："没有！没有！都没有！"

外公通常是哦一声就走了。

我觉得他的论调太老派，于是在他面前，有意无意地摆出一副针砭时弊的模样。

"你知道国外的创意园多棒！我们的要是有它的十分之一就好了！"

"你看国外的版权意识多好，如果我在国外就不会被抄袭了！"

他有时拍案而起："胡扯！"

我拿最新的国外周刊给他看，他气得吹胡子瞪眼。那时候，我笑他落了时代。

直到后来，我在他摞着的表面覆有层层灰的书堆底下，看到了他老战友的旧照片。老战友早已入土，而外公带着他的照片，活到了白发苍苍。

我突然开始知道他执着的是什么。

——如果今天的这一切都没有用，当初的那些牺牲，又算得了什么呢？

兄弟们半生戎马，换来江山和睦。而今无处铁蹄，处处莺歌，人们却嗤之以鼻：不过是理所当然。

我曾陪他去看了那位战友，那一刻他眼睛里的苍凉，突然让我不忍看。

祭酒一杯，而我该怎么告诉你，你已经被人遗忘。

3. 他固执地想证明，自己还有用。

我害怕他发现，我已经长大。

外公到了晚年，没有什么兴趣爱好，就喜欢炒股。

外公炒股不像别人那样炒的是乐趣，他每天一早就开始观看晨间证券分析，在笔记本上逐条记下理财师的话，像个听课的好学生。每天开市后，就整个人贴在电脑桌前，连午休时间都不懈怠，晚上还要听晚间的证券分析。日程安排得比任何一个学生都紧张。

我这样一个理财废物，实在是不能理解那红红绿绿之间跳跃的数字有什么巨大的魔力。

有一次，他硬要霸占我新买的电脑炒股票，说在新电脑上，字体大、亮度好，选新股快。

我不乐意，非要让他用自己的电脑。

他竟像个孩子般闹起来，说若不让他用，他就要自己一个人大老远跑去证券市场。

后来我屈服了。外公坐在我面前操作电脑，像一座渐渐萎缩的肉山。

我这才意识到：他老了，像是变成了一个需要我奖励糖给他的小男孩。

每次我回去把钱拿给他时，他总说"不用，我炒股，我有钱"。

大概吸引他的不是股票本身，而是那种"我还有用"的心理暗示。他像个邀功的老将，在说着"你看我多棒"，"你看我多能干"，来掩盖他渐渐老去的事实。

所有人都知道，那个曾经很厉害的人老去了。

只是我不想让他知道。

他参加老年活动还要揣一包糖回来，以为我会很高兴。

我没告诉他，那已经是很久以前，在我还很小而他还很年轻的时候的事情了。

他去参加老年活动，我就站在门口，等着他回来，等着他迈着小步急急地走到我面前，满是皱纹的大手拢在背后，一脸笑容。

"小囡，猜我给你带了什么！"

"蛋糕？"

"不对，再猜。"

"口香糖？"

"不对，再猜。"

"是糖。"

"对咯！是糖，是糖……"

如何才能拥有『恋爱力』

1.

我上大学的时候，同届有一个女神苏苏。美其名曰"女神"，是因为她身边追求她的男孩从来没有间断过。

我恰巧住在她宿舍的隔壁。这种感觉就像天上的仙女儿冷不丁地降在你的周围一样，光彩夺目，把你衬托得像只丑小鸭。

我曾经一直以为她身上的"女神气"大概是天赋异禀，取决于一张漂亮的脸和凹凸有致的身材。

后来发现并不是。她身上喷涌而出的"恋爱力"，可以牢牢地激发优质荷尔蒙。不仅是男生，连女生靠近她的时候都能够被吸引。

苏苏性格好。这种好性格不是仅仅用"乖巧"就可以形容的，是别人同她在一起会感觉到一种舒适感。"如沐春风"这个词说起来容易，但真正让你听到她的话如同在耳边搔痒的又有几个呢？

2.

苏苏是个浑身充满正能量的姑娘，无论谁跟她在一起都能被引导到生活的正面。

她曾经交过一任很奇葩的男朋友，吝啬得不行。听说近郊的商场新开业做活动，每一个去的人能用一毛钱买一个鸡蛋，每人限买二十个，他就拖着苏苏欢快地去了。

听说那天现场排成长龙，队伍从商场收银台排到店门口。两个人排了大半个小时，被骚乱的人群几次冲散，才拿到了四十个鸡蛋。苏苏把够吃一周的鸡蛋拿去给朋友，就连隔壁宿舍的我们也沾了光。从煎蛋、煮蛋到洋葱炒蛋，她在朋友圈里炫耀着新学的厨艺。

后来，她回想起这个前男友的时候也是一副并不介怀的口吻，说确实觉得有些无语，但是感觉队伍也不长，聊着聊着天也就到了，不拿二十个鸡蛋太扫兴，不如拿回来一起分享，也是幸事。

她就像能够纾解压力的小橡皮人儿，和她谈恋爱就像冬天里多了一个小火炉，再冰冷也变得温暖起来。

3.

苏苏的"恋爱力"还体现在她极富有生活情趣。我想，大概没有人会拒绝那种把什么日子都过成诗的姑娘。

苏苏不算是爱好广泛，但有自己擅长的领域。她开了一家网店，平时做一些小工艺品，像是古风的小簪子、胶塑成的手镯、暖暖的奶油手机壳。原材料价格不贵，设计重在用心。

我们大学的宿舍是要在楼道里统一投币打热水的。有段时间苏苏在玩胶，一下午我就看她提着热水瓶里里外外跑了好几趟。

后来她把成品发上朋友圈，我们也来了兴趣，便去请教她要怎么做才好。她倒是很热心，就开始给我们展示原材料和做法，并告诉我们哪些细节亟待改进。

而我们在做了个残缺不全的半成品后，就完全没了兴致，集体放弃。

到了聚会或是朋友生日，除了必备的礼物外，她都另准备一份符合聚会主题或是主人性格的手工礼物。

所以无论在什么样的陌生环境里，她都能迅速地引起大家的兴趣。不需要用语言抖机灵，也不需要刻意地展示才艺，她就安安静静地站在那儿，大家都能感受到她内心的小宇宙。

4.

越来越多的人在谈生活情趣，以为砸钱买精致的配件，高价请私教健身，坐飞机时必带几本精装书就是全部的情趣。这些确实都是生活情趣的载体，却不是生活情趣的本身。

很多人忽略了生活情趣之根本，是潜藏在物质之下，对于生活的强烈热爱和激情。

有人喜欢烘焙，利用周末时间，从分清面粉开始，一直学到可以做出完美的蛋糕。

有人喜欢写作，利用下班后的时间，从每天一千字开始坚持，直到写出十几万字的作品。

比兴趣更重要的，是对兴趣的坚持。除了工作之外，另有爱物，才不至于对漫长的日子感到疲惫和厌倦。有一个可以在孤独时消磨时间的爱物，就可以不把所有的精力像赌注一般押在另一半的身上，不会一有风吹草动就歇斯底里。有一个自己能够被高度认同的圈子，也不至于陷入自卑的困境，想把另一半当作唯一的救命稻草，缠着不放。

5.

苏苏是南方姑娘，一口吴侬软语让人误以为她在爱情里永远站在"被保护"的一端。

我极少听到她刻意地讨论男朋友。从没缺过面包的人才不稀罕面包，她比别人更高一级——从没缺过鲜花的人恰恰不会去炫耀鲜花。

大三的时候，她就决定考研，独来独往于图书馆与教室之间。

也有不怀好意的姑娘私下议论："看这样子，是和男朋友分手了吧？"

后来才发现，两人只是接触得少了，彼此都给对方留下自由的空间。

不像很多一谈恋爱就完全放弃自己私生活的姑娘，苏苏依然会在周末和我们一起度过下午茶时间，不缺席小姐妹之间的活动，参加社团活动也不是挂名而是亲力亲为。

独立在爱情里起到的作用，是永远保持着若即若离的距离感，不至于过度约束，双方都感到无法呼吸。假使最终恋爱失败，彼此也不会在分手时，留下一张尖酸刻薄的脸。

比坚持更不易的是放手，一旦不爱一个人，或者感觉到不被爱立刻分手，这需要强大的自信和用之不竭的移情。而爱情里各自独立的那份骨气和尊严，是全身而退的底牌。

苏苏的前男友谈起她，言语间都流露出"虽然真的不太合适，但跟她恋爱实在是我这辈子做过的最难忘、最有趣的事儿了"的复杂情愫。

有了"恋爱力"，你不一定马上能谈一场美好的恋爱，但可以收获一个在任何一种感情中最美好的自己。"恋爱力"看似在爱他人，其实是在爱自己。

前一段时间，我在工作中遇到一个日本同事。

这个日本姑娘，对读书有些偏执，对嫁人也有些偏执。

她毕业于加拿大一所高校，毕业后到中国学习中文。在午休时间，她最喜欢看某台的相亲节目，恨不得自己也站在台上，可以"手起灯灭"。

同事开玩笑地问她："你那么想嫁人，还读什么书？"

姑娘按了暂停键，认真地回答："我读书，就是为了嫁人呀！"

这种惊世骇俗的论调，让我顿时托不住下巴。对于我，就算没有"为中华崛起而读书"的远大追求，也应该是为了让家人过上好一点的生活。

日本姑娘看我一脸愕然，便知道我误会了她的话，于是对我细细讲解。

"我们日本的好多女性到最后都会走上嫁人这条路，嫁人后的大多数也会成为家庭主妇，这样是为了给国家培育好的下一代。我们读书是为了嫁人，学习是为了嫁人，学才艺也是为了嫁人。

"可是读不同的大学就意味着你可以嫁给不同的人，能教出的下一代的水平也完全不一样，能拥有的生活环境也不一样。你的学历高了，认识的都是高知分子，当你需要做选择的时候，你可以选择一个更优秀的男士作为你的丈夫。换言之，你是什么样的人，就可以配上什么样的丈夫，我觉得这是一个特别正常的事情。

"我努力读书，学中文，以便以后我面对婚姻更自信，能够面对更优秀的人并进行选择。我们可以平等地坐下来，一起聊对一些事情的不同看法。我们有相同的人生观，将来的教养意见就不会相左。"

被她这么一解释，我有些明白了个中道理。如果不愿高攀，能改变的只有自己。

我在医院的时候，认识了一个姑娘。姑娘手脚麻利，脑袋灵光，特别讨人喜欢。

后来聊天得知，她中专的时候读了卫校，临近毕业，被分配到一个县级市的普通医院实习，工资少得可怜，因为学历低，经常被人颐指气使。她的家乡在南方农村，流行相亲。七大姑八大姨就介绍了很多在她们看来与之条件对等的男孩。

小姑娘觉得委屈，可是也没有申辩的勇气。毕竟自己的条件摆在这里，那些她瞧不上的男孩，可能在心里反倒觉得她高攀了。

"倒不是说嫌弃什么的，只是觉得聊不到一块去，可是又不敢明说。好的另一半大家都能分辨出来，只是谈及自身，就有些眼高手低的味道。"

姑娘一时不知道要做什么，就借口要读书，考本科。她英语水平差，就报了补习班，遇到了一个年轻的英语老师，两人很是投契。

姑娘看到男朋友时，虽然心生欢喜，却依然有种"小鹿乱撞"的紧张感——不是心动，而是心虚。尤其在男朋友谈起自己其他女学生的趣事时，言者无心，听者有意，她就显得尤为惊恐，感觉男朋友就像手里的细沙，不知道什么时候就会从指缝里滑走。

姑娘开始分析，自己的自卑来源于自己不够优秀。于是她决定继续学习，当其他的同事都在因为评职称而升本科的时候，她决定踏踏实实地去读本科。孩子一两岁的时候因为有这个同等学力，她又去读了硕士。那时候，全日制的护理学硕士比较少，她便顺理成章地成了他们医院的护理一把手。

两个人之间没有控制和被控制、强势和弱势的关系，可以更平淡坦然地面对。

你看，读书就是为了嫁人啊，为了顺顺利利地嫁个好人。做个有底气的姑娘，不攀附，不依赖。

有一句话说："圈子不同，不必强融。"

我就是愿意成为更好的人，然后嫁给更好的人，不行吗？高攀的背后总是伴随着弱势一方的妥协。记得当年有记者采访范冰冰对嫁入豪门的看法，她口出狂言"我就是豪门"，面对图财的猜忌也挺直了腰杆。

当你自己有了高度，就不需要每天丈量别人为生，能更加重视心灵的契合与默契。

我有自己的闪光点，不用附和你的话，一言不合，就彼此保留意见。就算一拍两散，转过身来，我还能在与我同纬度的人群中，找到和你一样高度的人，所以能够坦然地面对。

这不丢人啊！我就是为了嫁人才读书的，我嫁人不是因为"捡来的金龟婿"，而纯粹是因为我喜欢，我乐意。我读书是为了让我看到自己的意中人骑着白马而来的时候，我们驰马并进，不因为慌张而方寸大乱。

　　我曾经看过一个情感专家的微信问答。其中有个读者说，她高中毕业就辍学了，男朋友是"富二代"，给她办了移民，带着她去国外生了孩子。现在她二十几岁，对方疑似有了新欢，两人开始用冷战的形式互相折磨。她问那个情感专家，就她现在的情况而言应不应该离婚。

　　那个情感专家的回答引起了众人的暴怒，她说："我知道你舍不得，所以劝你忍下来。"

　　我刚开始也怒不可遏，大呼这是无稽之谈。可是后来就想，她要是我的朋友，我该如何劝说呢？劝离开吗？不可能。我敢肯定，她离开后，兜兜转转，总有一天还会宁可回到现任的身边受冷暴力。

　　你的高度决定了你未来的另一半的高度，你嫁的其实是你自己。

　　我读书是为了对自己负责，这里的"读书"是广义的，我们读的每一页书，藏着我们吃过的美食、走过的路、体验过的人生。它们集合在一起，为我们换来实力相当的爱情。

　　对啊，我读书就是为了嫁人——但不只是为了嫁人。

打败爱情的，是我们的想象力

1.

大学快毕业的那几个月，我们都在忙着毕业考试。

医学院校里，挑灯夜战本是常态。凌晨时分，却听到隔壁宿舍的姑娘在阳台上顶着瑟瑟冷风，通宵达旦地忙着和男朋友电话分手。

"我知道，你说的那些我都知道，"她抽了下鼻子，啜泣声越来越重，"可是你有没有想过以后？"

姑娘开始细数未来可能发生的种种变数。

"你还是打算去天津读研究生，可我老家在江西，等毕业找工作的时候，我肯定要优先考虑离家近的地方，到时候怎么办呢？

"我从来没去过北方，要是去了，一天两天还勉强，时间久了肯定待不住。你是独生子，你妈妈肯定想要你回去。

"你现在是想着过几年回来，可是到时候你工作稳定了，肯定就不想回来了。

"我妈妈已经给我安排好了工作，天津的工作机会不一定会比江西好啊……"

对方大概说了些挽留的话，姑娘沉默地听着，突然像是受了莫大的委屈，哇的一声哭了出来。

"可我也舍不得啊！"

2.

既然舍不得，何必为难自己？

一时恍惚，我想到了苏北。

苏北是我高中时的风云学姐，她的男朋友陈原，当时就在隔壁班。他们在中国的校园里结识，高考过后，一个在美国，一个在澳洲。

那时候微博刚刚流行，他们每天发着微博互相提起对方，依然爱得如胶似漆。

——亲爱的，我今天学做了苹果饼，么么哒，亲一个，等我们见面做给你吃。@苏北

——亲爱的，我们今天的test简直变态，有个泰国老师，口音"guanguan""tuantuan"哈哈哈哈哈，你那边是不是也那

样？@陈原

别介意，我只是学了学他们互诉衷肠的方式。在南北半球纬度相差三十多度的空间里艰难相爱，看起来美好得令人几欲掉泪。

他们约定毕业后回国工作，陈原却因为一份不错的工作，执意要留在澳洲。

苏北回国后，我们所有朋友都觉得可惜：学生时代青梅竹马的爱情，没能从校服换成婚纱，真是太遗憾了！

虽然大家表面上不说，却都在心里觉得，这样分隔两地，需要频繁飞行才能见面的爱情太不靠谱，分手只是时间的问题。

苏北却秉承她一贯的作风，对这份爱情充满自信：你们都说我们没有未来，可是未来有无限可能啊！

3.

即使后来微博不那么盛行了，我的微博首页依然能刷出他们相爱的证明。

苏北常常转发一些温暖的小漫画，然后@陈原，两个人在留言里禁不住地你侬我侬，浓浓爱意仍像几年前一样满得溢出来。

后来和苏北偶有联系，每次通话聊起陈原，我总担心她会说起"我们已经分手了"，还好，苏北每次都甜甜地回应我"我们还在一起啊"。

我不知道这种两个人分别在北半球和南半球，一年一见的日子算不算"在一起"，但却能看到，他们真的非常认真纯粹地相爱着。

　　苏北的家庭是普通工薪阶层，没法负担巨额的移民费用。其间，苏北就专注于准备澳大利亚技术移民。她大学的专业是会计，技术移民对这个专业的要求非常高。无数个深夜里，苏北一边背诵雅思，一边发着朋友圈：什么时候才是个头啊？刚发不久，就看到陈原逆着时差的安慰。

　　陈原总是说：没事，我们一起努力，总有一天能到同一个地方的。

　　天南地北，一句温暖的话似乎就能得以安慰。

　　两三年后的某天，我在苏北的朋友圈里看到她和陈原的自拍，背景是中文招牌的小店和典型的黄种人面孔。

　　我问苏北："陈原回国了吗？这回待多久？"

　　苏北笑笑说："他回来就不走啦！"

　　后来才知道，陈原在工作两年后终于得到了单位外派的机会，他也把握住机会，直接调职回中国的分公司。

　　4.

　　在爱情里，我们旺盛的想象力似乎总能找到适合生长的土壤。

矛盾越来越凸显，他身边的漂亮姑娘层出不穷，他的呵护越来越少，所以我们总是想象着对方经受不住诱惑。

异地恋似乎越来越普遍，我们越来越习惯不拘于一个地方生活，却希望爱情在同一个地方生根发芽，总怕"橘生淮南则为橘，生于淮北则为枳"。

随着社会发展，我们开始能听到更多的声音。他们在耳畔议论着、杂糅着，评说着你的爱情里的好与坏。有人随口说"分开吧，你们不合适"，于是你就乖乖地听了。

诸如此类的想象，你有过吗？

借他人之名摘掉本就不牢固的爱情根基，这种无可厚非。但若本来深爱，就不要再找借口，去提前封杀爱情。因为"想象"而结束爱情的人，远比因为爱情本身已不存在而分手的人多得多。

所有的"但是""应该""可能"，明明都还没有发生啊。

何必因为可能发生但尚未发生的磨难，去否定苦心孤诣经营而来的爱情？又何必因为内心缺乏安全感，就提前宣布爱情的夭折？

把生活中缺乏的想象都用在爱情上，来试图打败自己的爱情，多愚蠢。

你年纪轻轻，不是七老八十，但时不我待，并不囿于年龄之限，好歹也试一试才知究竟。

5.

当然，年轻的爱情充满不稳定性，不好的可能性更容易发生。可是，正因为年轻，才有更多峰回路转的机会，两个人朝同一个方向努力，也并非不可能。

就拿异地恋来说，他读研之后，可以想尽办法再回到你的城市来工作，你可以在积攒了一定的工作经验之后跳槽到他的城市。这世界上有什么东西是不可以舍弃的吗？除非你们之间的爱情尚不值得这份舍弃。

有句老话说，"大学的爱情只能爱到毕业"。毕业季也是分手季，毕业了，一切都在发生着改变，甚至有多少人都还没有开始真正地面对爱情的难题，就考虑着未来可能发生的种种不幸，寻找原因要分开。其实，这才是真正的大不幸。

苏北和陈原这个月就要结婚了，婚礼上大概会有新娘在美国的朋友和新郎在澳大利亚的兄弟。这才是异地恋的正确打开方式。你们那山东混山西、湖南混湖北、隔个山隔个湖的，快收起你们的想象力，给我乖乖地在一起。

1.

芋头和我完全是两个类型。

认识我的第一天，芋头就啪啪啪地翻着小黄书斜眼看我说："咱俩不合适吧。"

我心里蹿起一阵无名火："老子一个一米七大高个的姑娘，还没嫌弃你个一米七五小矮子呢，你倒先嫌弃起我来了。"

我是情绪化的重症患者，什么不高兴都写在脸上。

他干巴巴地哈哈哈了几声，然后拿出菜单就开始点菜，一脸真挚，一点也没透露出"来都来了，不如吃顿饭吧"的意思。

我心里暗想，前几次相亲，第一眼没命中的都是借口说"我们出去走一走吧"，或者"不好意思，我这儿还有点事"，这回这个小矮子，难不成是嘴上说说，心里在暗爽？

然后，我稀里糊涂地留下来吃饭，两个人稀里糊涂就在一起了。

后来芋头向我坦白，他那天没想那么多，从头到尾就贯彻着一个想法："管它是不是相亲呢，老子饿了，就是得吃。"

2.

芋头爱看热血动漫，爱打联机游戏。我每天回家除了固定不变的两小时看书时间，剩下的就是开着电脑写公众号推送文章。

他说我"假正经"，我说他"真浅薄"，可我们从来没有真正瞧不起彼此的兴趣领域。

我们尊重彼此热爱的东西，愿保守一份因不了解而产生的崇拜。

我是选择困难重症患者，把"作"字放在头上践行。

我和芋头之间经常有这样的对话。

我："我想买这家店新出的那款包。"

芋头："好啊，买。"

我："可是，我现在好像没有衣服搭这个包。"

芋头："那就不买。"

我："可是这家店只有在上新的时候打折的力度最大，不买就涨价了。"

芋头："那就买。"

我："可我现在缺个白色的包，这款只有黑色的，我已经有好几个黑色的包了。"

芋头："……"

最后的决定通常是芋头做的：买。

我们搭配得很好，他让我完成了"我是经历了漫长的思想斗争才买下"的自我暗示的心理过程，最后以精打细算的胜利者姿态凯旋。

有了他的存在，我的购物快感往上提升了十倍还多。

3.

我和芋头比较大的分歧都集中在看电影的时候。

谈个恋爱、看场电影听上去是件挺美好的事，可我们每次都要把当期榜单翻两三遍，才能选出两人都想要看的片。

我看他的各种欧美复仇大片，因为太无聊，在影院喧哗的打打杀杀立体声中昏昏欲睡。之后又被械斗声惊醒，中途问他进行到了哪里。

他看我的文艺片，自己提前就买好两包爆米花，收拾出"爱咋咋的，老子就是陪你坐两小时"般的心情。唯一的互动就是他在半睡半醒之间，看我没出息地抽抽噎噎，随手塞过一张纸巾。

这种看似很糟糕的经历却成为我们生活的温馨调剂，别人家打赌用洗碗、拖地这样的家务事，我和芋头却有自己的模式。

我们打赌的项目常常是开玩笑地约定，下次谁再多妥协一些。

对我们来说，妥协是一种相处方式。

我不相信世界上有完全志趣相投的两个人，况且有句老话说"男人来自火星，女人来自金星"，男女之间再一致，总会有性别导致的种种差异。

"妥协"不是个特别美好的词语，却在两人的相处中不可或缺。把妥协变为两个人的游戏，比起用躲避和无视来伪装出的"志趣相投"要来得舒服。

4.

相反，我和芋头因为兴趣交叉，时常还能互相协助，大有"你耕田来我织布"的架势。

我开始做公众号的时候，因为版权限制，常常找不到合适的图片。看着我每天搔首苦闷的样子，芋头给我想了个招儿，说可以用动漫截图。

有一次在酒席上，他向朋友介绍，然后拿着二维码让他的哥们儿挨个扫。扫完还不够，还叮嘱哥们儿要及时转发，一群一米八的糙汉每天转发着《怎样生活才算拥有"少女力"》，看上去还真有点"心有猛虎，细嗅蔷薇"的味道。

我也没有变成"游戏男"身边的怨妇女朋友。他偶尔拿网游的同人小说给我看，其中不乏文采斐然的，让我也盛赞一句"写得不错"。他见我来了兴趣，也会一时兴起地向我讲解人物设置与关系。

强求他人爱屋及乌本身就是另类的"道德绑架"，但不爱亦可以尊重。

经常看到新闻里说"兴趣不合""性格不合"。在这个多元化的社会，不敢妄求人与人之间的关系如同螺丝与螺母那样严丝合缝，但真正的爱情会成为契约，让相爱的人互相接受与理解。

你遇到的王子，他不太像你原先想象的样子，连身下的白马都是匹小秃驴，但那又怎么样呢？你的喜欢就是他塑身的金衣，足够让他光芒万丈。

世界上最美好的事就是你坐在他身边，看着他做着一件你不了解的事，却从心底里觉得，他真的是个很棒的人耶！

感到爱情最甜蜜的时候，不是他喜欢的东西我正好也喜欢，而是有一天他突然破天荒地说："要不，咱也去看看《山河故人》？你喜欢的那个影评人，说那个挺好看的。"

我想了想，说："算了，你上次给我介绍的魔法师、弓箭手、召唤师、刺客，我还没弄明白。"

我们守护各自热爱的东西，再反过来热爱彼此热爱的。我们把热爱的生活的一部分互相交换，组合成相处的新模式。

比起志趣相投，我更愿意在爱里互相妥协。

被『富养』长大是什么样的感受？

如果你想从这个故事里，看看"白富美"或是都市名媛的成长经历的话，很抱歉，不会有。

而我不过是个出生在二线省会城市的普通家庭的姑娘，却得到上天恩赐了一对儿爸妈。

我对"富养"二字的定义是：在成长过程中，父母想方设法不让孩子感觉到为钱所困。

培养精神和物质的双重独立：你尽你所能独立，我们尽我们所能保护。

我第一次赚钱是在四岁时。

当时我在学儿童画，画技尚且拙劣，父亲就鼓励我去一个省报的"小画手"板块投稿。那个板块里所有的小画手都比我年纪大，但父亲说，选上的小画手，会定期收到这个栏目送的麦叔叔套餐。

那时候麦叔叔套餐还是蛮少见的，一个汉堡就十几块钱了，何况还是套餐。

"从今天开始，你的麦DL都要靠自己来赚。"我当时就被灌输了这个概念，所以天天画，每周末还去上绘画课，结束了回家继续画，当然有时候为了方便，也偷偷临摹绘画书上的内容，幸好画技不高，与原画相似度不高才没被发现。

结果，四岁的我在那家报社做了两年小画手，整整吃了两年的周末汉堡。后来，麦叔叔还特意办了活动送我们大玩偶。

小学六年级时拿到人生中第一笔稿费，三十八块。稿费单寄到邮局后，一家人带着我兴高采烈地去取。我妈把稿费交到我手上，告诉我："这是你自己赚的钱。"

小学时第一次靠演出赚到零食、饮料、玩具，家里人也会说："这是你自己的收获。"

我妈从来没有把这些拿去跟人炫耀，说女儿有多棒。甚至逢年过节，在亲戚们招呼自家孩子才艺展示时，她也从来不强迫我进行表演。

但少年懵懂初开的时候，没有保护的独立是很可怕的。这时候，"富养"的作用就开始慢慢体现出来。太早的独立肯定是会有疤痕的，"富养"是避免和淡化疤痕的一剂良方。

学生时代，我开始接一些额外的演出。

曾经有一次，大冬天在商场的天井里商演，穿着演出服，几个姑娘冻得直哆嗦。

结果等拆台的时候，所有人都傻了：我们找不到付钱的人。

我那时候自以为很独立，不曾找过家长，也自以为和找我们来的人关系甚笃，便自顾自"不签合同，只做了口头约定"。

那一夜的寒风真的吹透了我。我也不记得我们几个是怎么哭着给家里打电话，说自己回不了家，在市郊的某某角落。家长们把各自的孩子像拎小鸡一样拎回去，只有我爸，什么责备的话都没说，就说了一句"回家吧，那点钱不要就不要了"。

中学的时候，我自己拿着书后备注的邮箱，联系出版社。中间花了无数的时间接洽，却卡在了选题终审的阶段。

我在知道结果的时候大哭，就好像耗费的无数心血都付诸东流了。

我妈说："多好，又是一次经历，如果影响了考试，就报个辅导班，下次考好就是了。"

如果不是"富养女"的家庭，以上的任意一个打击都足以让我一蹶不振。

迄今为止，我进行了十几次的独自旅行，虽然行程安排不够紧凑，但胜在随心所欲。每次自由行，几乎都要用上十天半个月的时间，其间父母会定时全程电话视频联络，确保安全。其中我最为骄傲的，是大学里的学费、生活费全部是自己赚来的。没有钱旅行，我就想尽办法赚来许多免费旅行，去面试，跟着剧组拍摄、剧团巡演。从十八岁到现在，无论是吃喝穿用，还是旅行，我没有再花过家里一分钱。

从开始想要独立到真正的独立是需要漫长的过程的。每个孩子都是先摔跤再学会站立。早日具有独立的意识，对孩子之后的人生影响颇大，而早日开始独立，真正在付出的不是孩子，而是家长。

强迫孩子独立，却不给予保护或是无力保护，是父母的个人选择，也不值得批判。但"富养"的家庭可以提供一种"处变不惊"的心态，在孩子蹒跚学步时伸出强有力的双手，做孩子摔倒时的"肉盾"。

学习与兴趣：允许你兴趣广泛，但一定要拥有至少一个能陪伴你一生，并能从中收获恒久成就感的爱好。

小时候看幼儿园老师弹钢琴觉得很羡慕，下课后母亲去接我时，我总要在钢琴上摸两把才肯走。母亲看到了，就征求我的意见，问我要不要学钢琴。

四岁的我还够不到键盘，老师就在钢琴椅上垫一本非常厚的词典，每次上完课我都被硌得屁股通红。

初学时学的是《约翰·汤普森》系列。我小时候是个多动儿的性格，加上弹琴只是一时的兴趣，枯燥乏味的练习和那总硌着屁股的琴椅，让我很快就生厌了：为什么周末别人都在玩，我却要去老师家学琴？

我妈起初用毛笔写了个"忍"字贴在钢琴正对面的墙上，后来我的厌学情绪越发不可收拾，等学到"小汤3"结束的时候，我把自己反锁在厕所里，打死都不去上钢琴课。

这换谁家都要炸开锅，我妈却出乎意料地冷静，开始和我谈判。

"你是不是不想弹钢琴？"

我点头。

"那我们明天把钢琴卖了？"

我点头。

"那好，这是你自己的决定。你记好了，是你自己放弃这件事情的，后悔也是你自己的事情。"

我妈轻描淡写地说完，然后第二天，就把钢琴卖了。

说实话，后来我看着钢琴搬走后留下的空位，包括上高中时知道班上有大半同学钢琴满级，曾经后悔过。但人要学会放弃一件不喜欢、不适合的事，不管前期耗费了多少心血，不管已经投入了多少成本。这是母亲教会我的。

后来遇到任何我想放弃的事情，我妈都会轻声提醒我"钢琴"。自从放弃学习钢琴之后，我几乎能够坚持自己认为应该坚持的所有事情：画画、跳舞、表演、写作。

我能坚持的事情，我都愿意把它做到极致。

小学高年级时，国内刚流行直排轮，价格非常昂贵，那时候家庭经济也不宽裕。

我妈却买了国外的牌子（那时候国内的牌子都没有安全轮，不适合小朋友），然后给我戴了进口的护具，也没有找老师指导，直接就对我说："溜着玩去吧！"

轮滑到现在我还是只能平地里溜着玩，各种花式不会溜。

我妈的原则，我现在还受益匪浅，她的理论是：人要将有限的精力不平均地放置在"决定要做的事"和"只是培养兴趣的事情"上。付出百分之两百的精力在决定要去做的事情上，这样才会有百分之九十的收获。但只要付出百分之三十的精力在培养兴趣上，能达到百分之六十的成就，就已经算是成功了。

在任何行业里，达到百分之六十的成就，都只要努一小把力就能做到。

而在任何行业里，达到百分之九十的成就，都是百分百乘以几倍的努力，才能达到。

她不像那些胡乱填鸭，给孩子报满补习班，企图"样样红"的父母。

用她的话说："我允许你兴趣广泛，但一定要拥有一个能陪伴你一生，并且你能从中获得恒久成就感的爱好。"

是啊，我如她所想，我美好的童年，现在看来一无所成，但也如愿没有沾染上任何不好的习惯，我有足够多的爱好可以填补我的生活。

面对挫折的能力：当事情发生后就去面对，反正没有什么会糟糕到无法补救。

有段时间父亲的生意做得不好，对于那段时间的记忆，是惨到了大年夜我们要关了灯趴在桌子下躲债，爸爸的车卖了，房子抵押了。

可是，除此之外我的生活几乎没有变化，我甚至无法记得那个变化具体发生的时间。

兴趣班照常在上，包括舞蹈、画画、游泳。新衣服也从来没少过。

生活有多难，其实我从来不知道。

我曾经偷偷翻过母亲的日记，那本她锁在柜子里，说要等我结婚那天拿来给我做嫁妆的日记。如果不是因为那些悉心的记录，我的记忆力里，贫穷就好像被抹去了一样。

"他（爸爸）心里也不好受，可是就算这样，也不能苦了女儿，让她觉得在幼儿园里有什么不同。"

"想给女儿报个音标班，还想再给她报个作文班，可是太贵了，加起来要530元，是一个月的生活费了。"

"今天路过药店的时候，看到一种增高的药，565元，我犹豫了一下还是买了下来，女儿现在已经是大姑娘了，身高才153厘米，真让人焦急。"

"给女儿报了游泳班，听说她已经学会了游泳，我还没去看，但总会去看的，希望通过游泳她有个健康的身体。"

……

那时候的我当然毫无察觉，只觉得贫穷都是大人的事情。父母没有一刻让我以自卑的面貌出现在同龄人面前。

我依然能有很好的文具，只是妈妈说："你要省着点用。"

我依然能穿同龄人眼里很好看的衣服，只是妈妈说："你要穿得小心点，否则刮花明年就不好看了。"

我对贫穷的印象只有一次。老师说："你女儿很有天赋，获得了全国小主持比赛初选名额，要不要试一试？"

我妈第一次犹豫了。

后来我自己从外婆那儿要来了500块钱交给老师，我妈知道后气急败坏："你知道500块钱有多不容易吗？"

她气的是我一天都没排练，就指望占着一点小聪明蒙混过关，做着一步登天的白日梦。

然而，我的才艺表演是模仿小鸭子，正式比赛的前一天晚上，她连夜给我做了鸭子服。小鸭子有条背带裤，我还记得很清楚，黑色的底，上面有白白的小点点。

比赛地点选在我们省会城市最大的一个商场里，其中有个环节是现场念绕口令。其他的小朋友都经过训练，一个个都是身经百战的老练模样。唯独我不懂游戏流程，临时看着题版，蒙了几秒才作答。

全国性的比赛，大将云集，我理所当然地落选了。

主持人宣布结果之后，我又孬种地投入妈妈怀里哭鼻子。

我妈雄赳赳气昂昂地说："咱娘俩去吃肯德基吧。"

妈妈一路上捏着我哭花妆的脸说："哎呀，哭多没出息！我姑娘不错，别看一天没练，这还藏着一技呢！你看，都没练过就能说那么好，要练过还得了？你可得好好练啊！"

"富养"是如果贫穷，就试着去淡化"贫穷"的概念。以前笔盒里有两块异形橡皮，现在只有一块了，但仍然还有。告诉孩子"勤俭节约是美德，我们是为了要成为有美德的人，所以现在只能用一块橡皮"，而不是"因为我们穷"。

《美丽人生》里的犹太父亲，对儿子谎称集中营里的生活是一场游戏。所以苦难，便一点点被瓦解。这不是逃避苦难的做法，反倒是一遍一遍重复"苦难"，强化"挫折"，才会连仅剩的幸福都逃避掉。

选择工作和爱人：你必须绝对、一定要选择你所爱的，我们给你提供其他的。

我本科学医，现在在自己喜欢的媒体行业工作。

迈进医学院大门不到一年，才过了一轮见习，几乎还没有到"蜜月期"，我就感受到对医院环境的不适应。曾经想过转专业，但医学院并没给我除了医院之外更好的选择。

我每天都在看那些我不感兴趣的课本，然后在规矩甚严、每天点名的教室里抄PPT，这些都不足以让我恐惧。未来可能面对的乏味生活，才真的让我想想就战栗。

医学，这种带有一定特质的专业，并不适合每个人。一个学校里，想逃离的人无数，但医学院毕业后，除了去医院，我们几乎没有其他的选择。读过医的孩子都知道，在刚走出校门就放弃这一行是多么艰难。在任何一个行业，我们都要白手起家，从零开始。

实习期间，我们全家都没有人问："未来你会怎么生活？"反而统一成了支持的声音。

甚至连家里的老人都语重心长地说："你要选择喜欢的事啊。"

但我却害怕从头开始，害怕走一条不确定的路。

我说："我不知道有没有人要我。很多年后，同学们的工资零头可能都比我多。"

我妈就说："有什么可怕的？鱼肉换清粥，吃不起的话回娘家，养你到老！"

一剂定心丸，一条后路，能给走错路的人折回来的勇气。

刚入职的时候，我拿到了一场一直特别想看的话剧的邀请函，可惜地点太远，航班来回加上看剧，至少需要请两天的假，时间还是在工作日。

那时候我还是职场新人，行事谨慎，害怕耽误工作，根本不敢请假。

收到邀请函的时候，我和我妈唠起过这件事。那几天回来之后，我一言不发就回书房埋头做事。我自以为伪装得很好。

结果我妈进来说："还愣着干什么？赶紧去请假，想去就去，反正你不去，在家里也是不会安心的，你以为你不去就能好好工作吗？"

我说没想去，太远了。

我妈反倒呛我："你不是喜欢那个演员很久了吗？不去看看会后悔的。"

自我纠结了很久，我最终在话剧开场那天的早上买了车票。中午下班回家收拾行李，我妈说："哟呵！我就说你肯定会去，网袋我都给你洗好了，天气预报说那里有点冷，带件外套去。"

她不追星，但从来不反对我追星，是每次追星活动后的"神助攻"。她说："我觉得追逐所爱是件多么美好的事啊，为什么要阻止？"

小的时候，因为追星不免要麻烦她保驾，所以她提出要做交换。

我曾经用提前写完一周的家庭作业，换来半夜十二点在她的陪伴下去接机，也在她的帮助下请病假逃课去看明星访谈。

现在想来，偶尔旷一节课，对我未来的人生只有微不足道的影响，但是如果在当时，错过了极其想做的一件事，至今仍不免遗憾。

不要以为孩子是没有记忆的，就算是个大人，得不到的也总会念念不忘。而母亲设置的小障碍，让我有一种所有的收获都是通过自己努力得到的美好感受。

不过，我妈每次都一边"助攻"，一边还要揶揄我："她有啥好？长得又没有电视上漂亮……"

……

消费观：

大家经常放在第一个谈的，我反而放在最后。这是因为我自己践行得不好。可能是物极必反，我反而成为家里最省钱、最事儿妈的那个。

我母亲的性格是"只有十块钱，一元买花，三元买衣，五元保养，剩一元吃喝"，就算做了乞丐还要掖着裙角。

而在我的成长过程中，父亲最舍得花钱，也最经常带我去图书馆、博物馆、美术馆和科技馆。

我出生在二十世纪九十年代，那时候环绕立体声的音箱还不常见，我爸就执意要买。他觉得其他的都是噪音，听多了对不起耳朵。

他们都认为，最值得的消费是投资给自己的。

倒是现在的我，会为了省钱买一些稍微便宜的衣服。拿着自己微薄的存款发自心底地嘿嘿傻笑。不知道是时日未到呢，还是本性难移？

第一，富养的孩子，比其他人多出了犯错机会。

是不把自己狭隘地放在被保护的地带，愿意有机会就出去"闯一闯"。有人说，年轻时因无知而犯下的错误，不能称之为大谬，老来跨出围城，早已失去犯错机会，独战凄风苦雨，才最是悲凉。

第二，给足了视野，把生活的起落看得全面。

我一直认为视野对一个人很重要。这里的"视野"并不单单指去旅行几次，拍几张颜色艳丽的游客照。多读几本书，多去几次博物馆，这种用内心去丈量世界的态度，才是我所谓的"富养"。体验过生活多面性的好处，就是在任何挫折里都有爬起来的决心。一条死路走到头，不至于耿耿于怀，无非是多费些气力折回来。

第三，真正的富养是陪伴、尊重和信赖。

如果让我斗胆来总结一下"富养"给我带来的一些正面影响，大概是以下几点。

1. 能用钱解决的问题都不是问题。这话虽然说起来很狂妄，但不无道理。

2. 只考虑想抵达的地方和最佳的解决方案，而不是浪费时间去考虑付出值不值得。

3. 在清楚地认识到一件事或物失去价值的时候，可以随时放弃。

4. 尊重孩子的任何决定，但做好随时保护的准备。等他哭着回来承认"爸爸妈妈我错了"的时候，二话不说地给他一个温暖的拥抱。

5. 如果连家人都无法陪伴，算什么成功？

6. 不管爬得多高，都知道有人在下面准备接你。就像，无论你遇到什么样的悬崖，都有铺在悬崖下的一张网。

7. 不做事后诸葛，数落不停，事情过去了就过去了，不翻旧账，而是想着弥补的方案。

8. 读书、事业、爱情、家庭、子女……任何事情都只是人生的一小部分，均衡才能没有"短板效应"，在抽走任何一块时都不会被打垮。

原生家庭让我知道，一个母亲带着全部爱的"富养"，可以抹去你身上所有有关贫穷的印迹。

你特别想越来越快成功，赶在她老去之前。却又不想太快成功，怕误了与她共赏的良辰美景。

我经常和我妈开玩笑，我上辈子一定是拯救了银河系，才换来了这个此生不换的母亲。

她居然哈哈一笑，丝毫不谦逊地自夸说，她上辈子大概欠了我一整家连锁银行的钱。

从一开始我就说了，我不是一个很好的女儿。如果我再好一点，在这样的原生家庭里，应该会长成为普世价值里更优秀的人吧。

1.

很多人问我是不是在专职写作。我倒很希望有朝一日可以，但现在的我确实还没有这个资本。所以我只能兢兢业业地工作，在工作之余，在别人用来休息的时间里，耐住寂寞对着荧光屏。

我不是一个人。

我们有个微信群，里面全是在工作学习之余写作的作者。

凌晨以后，忽然有人跳出来说了一句话，马上就有几十个人出来回复。科比说，他知道每天凌晨四点洛杉矶的样子，大概就是这样。

群里有一个大四的小姑娘利用去实习乘坐地铁往返的时间，在几个月里完成了一本书稿。在别人看来微不足道，甚至怨声载道的

我把努力做尽，终于等到拼天赋

上下班高峰期里，她一个人闲庭信步，给自己喜欢的事业添砖加瓦。

还有一个四十多岁的姐姐，她有个年纪尚小的女儿，每天晚上她讲完睡前故事，把女儿安顿好才打开电脑开始写作。她总是在群里自嘲年纪大，我们却都羡慕她把女儿变成了她的故事素材。

2.

我特别清楚自己不是一个富有天赋的人。但说实话，我也真的没有见到过努力配不上天赋，却仍然能成功的人。

"反鸡汤"里说，努力不一定会成功，但不努力一定很舒服。

是啊，我的努力可能不会让自己成功，但只有努力了，才能轮到拼天赋。否则，就好像一场比赛，我还没有参加就结束了。尽力而为，问心无愧。

我大学时一个同班的女生，突然说要争取去芬兰留学的名额。当时大家都认为她是痴人说梦。那个姑娘出生在中部农村，家境一般。当地高考并没有考听力，她大学刚入门的几次英语考试成绩都差得一塌糊涂，彼时却要面对要求分数非常高的雅思申请成绩。

后来我们鲜少在课堂上看到她，她的大部分时间都在学校图书馆的自习厅。她时常涨红着一张脸，塞着耳机反复听录音，在纸上记录着内容再反复对照。后来她在半年内考到了要求的雅思成绩，所有人都夸她天赋异禀，可是我知道没有先前的努力，再谈天赋也是枉然的。

很多人的努力，可能根本轮不到与别人拼天赋。

3.

前一段时间，我在武汉见到了一个知名电商的管理者。她谈到一家做了十几年的电子书公司时，说了一句让我印象深刻的话："当你发现一个新行业在发展的时候，一定有一个巨人已经在背后默默做了十年。"

前几天我听了一位知名作者做的微信分享。结束之后，她感慨道，在做微信群分享时发现其实很多事情根本轮不到"拼爹"，拼自己就能差出一大块。同样是听分享，有人不停在叨叨"红人魅力大"，"你们有什么可说的"，"大家好"。但有的人从始至终都没发言，只是静静地记录，私下加她好友，发个红包，道谢后问她能不能把引流平台和转载名单给一份。

把努力做尽，不一定会成功，但至少你已经有了"拼天赋"的入场券。你看再多"攻略"，都不如忍痛开始。

你说你想考过大学英语六级，单词书却永远停留在第一页的第一个单词"abandon"。

最勤奋的时候就是以要练习听力的名义每天耽于美剧，美其名曰"用英语洗耳朵"，英语没有提高，倒是看字幕提升了语文水平。

你说你想瘦出马甲线，于是买完速干运动套装，买了一双名牌运动鞋，吃了几顿健身轻食。

终于万事俱备，结果今天托词要上课，明天又心疼自己太辛苦，后天就把这些事儿全忘了。

别人的人生很好，可是你永远不知道他在背后付出了多少努力。在抱怨自己不够天赋异禀时，先问问自己，你的努力到了和别人拼天赋的程度吗？

如果没有，那么，现在开始，不晚。

无论何时，你总要迈出这一步，让自己更好的第一步。

小时候的我，是一个过度敏感的孩子。母亲回忆说，她至今都没有再看到一个孩子能敏感得像我一样，不知道这是不是"吾儿独善"的心态在作祟。

但敏感这件事，在我身上，确实是三岁看老。据母亲说，我上幼儿园的时候，出远门的爸爸写信回家，她在枕边念了一遍信的内容，当时还是孩子的我一时间竟哭得无法自已。

上面尚且是听闻，但从我有记忆开始，我几乎都在给童话故事"陪哭"。

有一个故事是安徒生写的，讲一个母亲历尽千辛万苦到天堂去找她死去的孩子，孩子却变成了一朵枯死的花。还有一个白云狗的故事，讲落到地上的一朵白云幻化成了小狗，最后回到了天上找它的母亲。

这些故事我在长大后再向母亲复述时，母亲说，她不能明白为什么一个小孩子在听到关于离别、关于爱的故事的时候，会有那么大的反应。但就从那个时候她开始觉得：我的孩子，和别人的不一样。

——她是一个特别的孩子，过度敏感，容易发现藏在夹缝里的世界。

选择和分离、情感寡淡是我童年时感到恐惧的词语。

首先，我们要确定过度敏感不是一个缺点，如果利用得当，反而会成为最大的优点。敏感的人往往可以感知到一个与别人不同的世界。

其次，我承认敏感是一种有待改进的缺陷型人格。但我同样认可没有任何一种人格是完美无缺的。文静的人能够充分地预估危险，却在很多时候显得过于小心翼翼；活泼的人能够充分地接触外部世界，却容易随波逐流，难以潜心向学。

你的"玻璃心"不是你做任何事情的挡箭牌，也不是妄自菲薄的来由。

"玻璃心"们的成长，道阻且艰。

常常因为太考虑别人的想法，反而造成自身痛苦。

敏感的人很早就能从别人的言行举止上，感受出什么样是受欢迎的、什么样是不受欢迎的，并总结归纳出自己的模板，尽量向理想化的自己靠拢。

他下意识地想掩盖自己身上有缺陷的部位，展现出趋于完美的自己。也时时体察对方的喜怒哀乐，以便自身改进。

但其实很多时候，他可能都不是出问题的那个关键，或者别人根本未将此事放在心上。

这种时时归咎于自己而产生的挫败感会滋生出小心翼翼的迎合，像时常端着瓷花瓶走高跷，大气不敢出。

敏感的人，在生活中反而是开心果。

很多人以为敏感的人在生活中一定摆出一副多愁善感的林妹妹的模样。

其实不然。敏感的人比别人更能感受到情绪的变化，并不代表他能够完整地表达出来，甚至有时候这种敏感就是他无法表达的一种原因，所以我们会看到一些自卑的人在表面上表现得很自大，一些忧郁的孩子在表面上表现得像一个开心果。

他们比别人更早地识破了自己的情绪，也更懂得如何隐藏自己的情绪。

过度敏感是非常累的一件事，所以要学会自我排解。

很多人觉得性格是后天养成的，可是在我看来，性格中的一部分完全是先天的，而后天当然能起到一定的作用，甚至矫枉过正也是有可能的，但这一定是一个长期的结果。

但我始终相信还有特别多的人，和我是同样的情况，只是他们可能没得到更多的垂爱，反而被家人、朋友认为这是一种理所当然。

在许多中国家长的眼里，孩子的心事都不值一提，用"小题大做""太敏感"或"有心机"一言以蔽之。

自我排解在这时候就显得格外重要。

找到疏导内心的特定途径。

小的时候母亲会给我买各种不同的布娃娃，然后让我给它们取名字，组成一个小的世界。我还记得它们的名字，有的叫黛西，有的叫安娜，都是那时候在迪士尼童话里看到的名字。我可以跟它们进行自由的交流，分享它们的生活，揣测它们的对话。

其实和娃娃交流也是一个可以疏导情绪的很好的方法。因此，很多编剧之所以放不下笔，就是因为能够想象出一种与人隔空交流的方式。

长大之后我开始识字，母亲帮我找到了两个特别美丽的宣泄感情的途径——读诗和画画。先从带图片的小诗歌开始读起，再背诵一些名篇。

母亲曾经尝试过许多方法，刚开始她希望用理性思维的熏陶洗刷我对情感方面的过度敏感。她带我去科技馆看各种模型机器人，了解自然的奥秘，企图唤起我的兴趣。她买了很多科普类的书，《十万个为什么》《千万个为什么》……一套一套砸钱买来，我却将之放在角落尘封。

性格不是可以硬掰过来的，而是要找到合适的途径，从热爱的事情开始去改善。

阅而优则写，渐渐地我也能写出自己的作品，倾诉的通道化作强烈的满足感，就成为解脱敏感的方式。

我经常觉得，自己提起笔的时候，才会重变回那个童年敏感纤弱的孩子，而当我放下笔的时候，就能瞬间回到枪林弹雨的世界里，做保护自己的英雄。

后来我认识了很多朋友，他们都有这样的感受。

只是他们通往敏感世界的通路变成了音乐、舞蹈、射击、打球、绘画……

找一些具有表达性的活动，将其培养成能与自己相伴一生的朋友，就不至于在寂寂无人夜，自己独唱悲歌。

主动寻求陪伴，感受到内心的稳定。

我曾经是一个羞于向别人谈起"陪伴"这两个字的人，仿佛别人在我身上耗下的时间都是浪费的。

我去食堂吃饭茕茕孑立，去教室上课独自一人，去图书馆自习形影相吊。

那时，提及陪伴，我也总强调要"高质量的陪伴"。

其实哪有什么高质量的陪伴，陪伴本身就是一件非常高质量的事。

付出等量的时间，就是一种良好的信任交换。找一个信任的人，偶尔约谈，三两成群。在用工作无法充满的时间里，在所有闲下来胡思乱想的日子里，给身边的朋友打一个电话，约伴而行，一同去看一场情感电影或是吃一顿佳肴，都能削弱因为敏感带来的不安感。

前提是这个朋友一定要是你所信任的，互相之间的交流不需要猜忌。敏感的人对熟悉感和规则感有着天然的重视。

除了自我的排解，如果你的朋友或家人是"玻璃心"，你也可以学着体谅他。

之前看到一个亲子博主在他的博客上记录女儿生活的点点滴滴。

小秧刚到美国上学时，语言不通，不敢一个人去洗手间。

女儿的班主任每次都不厌其烦地随机安排一个小女孩陪小秧去洗手间。小秧班上所有的女孩，都陪小秧去过洗手间。我听了以后非常感动，觉得老师特别体贴，就特意去感谢老师。老师根本不以为意，说："Sophie就是这样比较敏感的孩子，我小时候也这样。等她完全熟悉了，她自然会放松下来。"

老师说得对，小秧很快就不需要人陪伴了。

但是同样的情况，在中国学校，老师会很温和、很亲热地鼓励小秧大胆一点："这有什么可怕的啊！你为什么不敢一个人去呢？"

敏感的孩子，会反复试探安全感，不要嫌他麻烦。

我算是个没有什么"叛逆期"的孩子。最大的叛逆就是偶尔逃课，半路撞见母亲。

母亲就会先把我拎回家，平心静气地问我为什么。

是对老师上的课不喜欢，是有什么更想做的事，还是仅仅出于贪玩？

然后母女俩一起想出一些两全之策。

现在想想，其实那个年龄的我并不是真正想做什么出格的事情，只是想用这种出格的叛逆引起家长的注意。而家长用回馈过来的尊重，完美回击了我的叛逆。

很多事情他们都让我自己做决定，没有用强制的方法否定我的思考，这反而让我放下戒备。

父母的开明，让我一直在家里受到平等和尊重的对待。所以我不需要去叛逆。

这种对安全感的试探，是"玻璃心"们的常态，小时候对父母，长大了对朋友和爱人。很多时候，"玻璃心"们也知道这是毫无意义的，但就是需要反复试探，来获得别人言之凿凿的肯定。

但更多时候只是敏感让他们看出了端倪，就像之前许晴在节目里说过，她父母离婚的原因是"他的眼睛里没有爱情了"。

真正的感情就像曾经听过的寓言故事：继母和生母在抢夺孩子，继母死抓着不放，而生母在孩子喊疼的那一刻选择了放手。

不是强制执行，而是思你所想，给予你平等、尊重。

就像前面说的小秧，她需要的是一个陪伴上厕所的人，不是"你应该变勇敢"。要的是有人接纳她的不完美，而不是用理想儿童的完美模式来套在她身上。

还记得王菲在窦靖童一岁的时候，为她写了一首《童》。她对女儿说"你不能去学坏，你可以不太乖"，大概就是同理。

我坚信自己是个有缺陷的人，无论到人生的哪一个阶段。

都说这世界薄情，做个重情义的"玻璃心"颇为辛苦。但愿你也拥有战甲，在这个钢筋水泥的城市里活得快乐。

第二章

GIRL

you have the right
to live a decent life

姑 娘，
你有权
活得体面

『要不我就单身吧！』

1.

赵雷唱过一首歌，歌词大概是这样的：三十岁了，光芒和激情已被岁月打磨。是不是一个人的生活，比两个人的更快活？

我认识的三十岁以上的女人不多。而其中三十岁以上还能活得像朵花儿似的人，只有鹿姐。

鹿姐的出类拔萃自小学伊始。当她还是我的前辈时，因为多了一层学姐学妹的关系，我常到她家吃饭。她弟弟就端着电子相框给我讲他姐姐的优秀：自幼就是绩优生，凡事努力争先，能拿第一就决不拿第二。

弟弟偶尔开玩笑说："幸亏她是我姐，以我姐姐的条件，别说娶她，我连近她身半步都做不到。"

彼时，弟弟已找了个平凡女人为妻。那女孩，眉梢眼角都是幼稚懵懂。

2.

转眼，我从大学毕业。在大学时念叨着"女孩子念好书最要紧"的亲戚朋友，突然转了个面孔，开始义正词严地劝诫我"女孩子，不要把目标定得太高，找个差不多的就行了"。

差不多就行了？

闺密聚会时，聊到相亲的奇葩对象。有人被介绍给三句话离不开"我在这儿有个厂、那儿有个厂"的老暴发户；有人被介绍给请一顿饭还要求微信转账的吝啬鬼；有女硕士被第一次见面的帅哥调侃"听说女硕士不太好嫁啊"；有人在学校里被拉去相亲，对方说"我是一类校，你是二类校，我们不配"。

这些在亲戚朋友看来"差不多"的对象，无所不用其极地降低着自我认知。你们这是在逗我？

而鹿姐还是在过着云淡风轻的日子，她弟弟已经有了个女儿，家里的重点都转移到她身上，父母闲来无事就来催婚。

小时候被肥皂剧引导着，以为中年不嫁的女人就该歇斯底里。

后来我才发现，"情到浓时情转薄"的惨烈，比不上"钱到用时方恨少"。

鹿姐的生活过得很漂亮，她在外租了房子，一屋子的花花草草被侍弄得极好，并不觉得日子难挨。我在书上看见一个短语形容女人为"不慌张的玫瑰"，而鹿姐的状态就是这样的。

3.

比起一味将就，我更愿意自己能有机会说"要不我就单身吧"。

一个女人拥有自己给自己制造安全感的能力，才有机会谈单身。现在"单身狗"这三个字替代了"单身贵族"的说法，实际上我觉得最初发明这个词是有一定道理的，贵族不一定单身，但单身的大多是"贵族"。

鹿姐从来不谈自己的成就，但至少保持着独立工作的竞争力，能精打细算地过着衣食无忧的日子。比起其他需要依附于男人存在的爱情，拥有主动权才有进攻爱情、宁缺毋滥的可能性。

等待是一件不容易的事情，你必须想到一个最坏的可能性。这其中除了物质上自给自足的安全感，还要在情感上满足自己的安全感。

鹿姐说，许多人问她是不是打定了主意做女强人。她想澄清一下，自己并不是拗着性子抗拒爱情，而是恰好——真的只是恰好没有机会遇见。

当我还是个小小少女时，完全不能理解，人生这么长，怎么不能遇到一个相爱的人呢？现在的我，却完全能理解她的话。

当你步入工作，身边一切趋于稳定的时候，周遭的世界就在以迅雷不及掩耳之势慢慢缩小。

从前，我们隔了三年就从初中到了高中，认识了一群新朋友。又三年，上了大学，又结识了许多新朋友。工作之后，十年二十年的职业生涯，除了几次形式上的大跨越，你只会面临越来越狭小的生活圈子和难以进一步发展的工作圈子。

到了某个年纪，非要在逼狭的人际圈里矮中选优，本来就是男权社会压给女性的不公平。

4.

鹿姐在周末学夏威夷小吉他，几节课后已经初见成效。去年圣诞节的时候，她们在街心广场策划了快闪，几十号人弹着《小幸运》，从街道上慢慢走过。

有可以畅聊的闺密，在不急不闹的午后，一起喝一杯下午茶；有自己可以私自享有的小世界，即便没有外人踏入，也能活色生香。

我们选择伴侣的底线应该是：和他/她在一起，会收获一个比现在更好的自己。哪怕只是比现在的自己更快乐，比现在的自己更平静，这种不值一提的进步都是值得的。

但两个人结合后，生活状态还是原地踏步，又何必为了缔结一纸社会契约互相勉强？

同样的歌词，谭维维的版本里唱道：三十岁了，光芒和激情还没被岁月打磨。是不是一个人的生活，比两个人更快乐？

我倒是更喜欢谭维维的版本，总觉得这一版的歌声里，这不是设问，而是回答。

因为一个人的生活更快乐，所以选择一个人。

如果一加一不大于一，爱情这个加号，多么像诅咒。

生活给她的设问，早已被她用行动应答。

当物质与情感上都自我丰满，你的眉梢眼角都是时间的宠溺，你早已不去在乎身边有无别人。

胡杏儿十二月要结婚了，对象不是一起爱情长跑了八年的黄宗泽。八年深交，换来的不过是，她递上的请帖与他应下的赴约。

于是网友们纷纷感慨，这不就应了那句歌词：原谅捧花的我盛装出席只为错过你。

这类同心而离居的故事，突然让我想到驼驼和老费。

今年年初，我在婚礼上见到了四年未见的驼驼与老费。哦，不能这么说，准确米说，是在驼驼和别人的婚礼上见到了驼驼与老费。

老费穿着黑西装无比挺拔地坐在酒桌前，卖力地吃喝着，想要尽可能表现得像一个洒脱自如的老朋友，但很不客气地说，装得有点过火。

"驼驼"此名起于老费。刚开始是因为老费嘲笑驼驼腰粗二尺八，故取自一坨坨赘肉的"坨坨"。后来关系密切到更加肆无忌惮，老费直接将她比喻成厕所里的"坨坨"。

那时，驼驼气急败坏，老费在一旁嬉皮笑脸，愈叫愈欢。

老费是我的表哥。我小他六岁，却没大没小地喊他"老费"，喊驼驼"嫂子"。

刚开始是老费偷偷让我喊驼驼"嫂子"的。我倒是不怯场，给零花钱，让喊几声喊几声，喊得比练摊儿的还勤。后来就渐渐喊成了习惯。

那年老费和驼驼上高一，早恋。

小孩子总是仰慕大一些的孩子，何况老费家和我家就隔着一条街。当时四年级的我，一到周末就屁颠屁颠地黏着老费。

早恋本来就费劲，何况还带上了个拖油瓶。老费常常没好气地埋怨我："你很烦啊，干吗一到周末就跟着我？"

善良的驼驼总来打圆场："算了，就带着她吧。"

他们骗父母说要出门的理由也是千奇百怪：老师要求学生

买彩色卡纸做地理模型，正好和驼驼一组；化学课打破了酒精灯要买一个来赔，找化学成绩好的驼驼来帮忙买；美术课的写生作业是"公园"，所以要约伴去画。

每一个谎言里都牵涉着一点钱，作为恋爱资金，攒够了，他们就计划着去远一点的地方玩。

有一次，我们去森林公园郊游，我因为看孔雀走丢了，一路走一路哭，终于让老费找到了。

驼驼给我摇秋千，老费买了鸟食放我手上，一路都有鸟儿飞到我手里，这兴奋劲儿让我迅速破涕为笑。

驼驼对老费说："小孩子真好玩儿，以后我们俩有个小孩就好了。"

的确，他俩在一起时特别登对，旁人若不细看，肯定觉得像是一对照顾孩子的小夫妻。

终于有一天我忍不住问："老费，你和驼驼是不是在……谈恋爱？"

驼驼笑出声来："小孩了怎么知道什么是谈恋爱？"

——是怎么样的一种恋爱，连小孩子都能感觉出来。

不只是他们，连我都曾深信不疑他们有朝一日会有个孩子。我甚至都能想到他们建立的家庭，那一定是世界上最温暖的家庭。

在我六年级的时候，我跟老费说，班上有个男同学喜欢我，买了个戒指送给我做生日礼物。

老费非常严肃地对我说："哦，是吗？小孩子不学好！你这个年纪不能戴，我送给驼驼去。"

我心里酸溜溜地想：你和驼驼还不是早恋？

然后老费就真拿着那个校门口两元一个的镀银小戒指去找驼驼。

他熟门熟路地躲过楼管，到驼驼的寝室门口拿着个镀银戒指大声嚷："驼驼，老费给你送戒指来了！"

第二天，驼驼真把它戴在了手上，逢人便伸手炫耀："这是我们家老费送我的戒指。"

我曾经不下一百次地问驼驼：你和老费待这么久不腻啊？

我也曾不下一百次地问老费：恋爱到底是种什么感觉？

他们谁也没回答过我，但他们之间日积月累形成的熟悉感，就像一本活的言情小说。

之后我忙着考试升学，老费和驼驼去了外地上大学，我们甚少联络。

直到我考上本地的大学，老费开车送我去。

他依然给我讲了一路新鲜的笑话，逗得我哈哈大笑的时候，然后讲笑话一样地说："我和驼驼分手了。"

之后一个小时的行程里，无论是等红绿灯、上高架还是下高架，老费都在一遍一遍向我解释，驼驼不是贪财，驼驼不是出轨，驼驼不是水性杨花，驼驼只是遇到了更适合她的人。

其实我绝对相信他的话。

我记得那个高一的女孩驼驼。她在摇着秋千的时候，眼里闪烁的光芒，一定是真的在很认真很认真地想象，有朝一日和身边这个人永远在一起。

在场的人都知道，我同你，曾经比和新郎还亲密。那些不知道的人，也在眼神交错里看出了端倪。而你我，仍蒙在鼓里，自以为拿得起放得下。

最后，我好像还漏讲了一件事。

老费在婚礼前一天给我打电话，那时我还在北京，在望京西聒噪的人流里转着地铁，就听电话那头像串线一样嘶啦嘶啦响，然后就是呜呜呜呜的杂音。我以为是电话断了，正准备重新打过去，电话那头突然传来老费低沉的烟嗓子声："驼驼明天结婚了，别忘了回来。"

他一个一个人地通知，事无巨细地交代给他和驼驼的每个共同的朋友——老费的驼驼，要嫁人了。

好像那是自己的婚礼。

1.

小玉阿姨是我们家的常客。

当我岁数尚小，她也年纪尚轻的时候，逢年过节，她是常被当作反面典型拎出来的问题少女——不，考虑到年龄问题，应当称为"问题老处女"。

串亲戚的时候，大家表面和和气气的，转身就对着适婚年龄的女儿说："你可长点心哟，趁年轻找个好人家嫁了，别到时候和你小玉阿姨一样，成了没人要的老姑娘。"

我没问过小玉阿姨多大年纪，只记得那时她看上去并不疲惫，笑起来和煦温暖。

2.

我喜欢小玉阿姨胜过其他任何阿姨，因为

她总能变出稀奇古怪的小玩意儿。

我六岁生日，她送了我一双儿童高跟鞋，购自马来西亚。火红的绒面，绣满马来西亚的特色珠绣。

姥姥特不满意："还是个小孩子，送点书本文具多好，买这些又贵又没用的东西多不好。"

小玉阿姨贴着我的耳畔说："别管你姥姥说什么，喜欢就穿。"

我喜欢得不得了，不知道多少个夜里，都偷偷爬起来，踩得高跟鞋嗒嗒作响。

过了几年，听说小玉阿姨去了南非，那些早已嫁为人妇的亲戚便纷纷议论："怕是要嫁给黑鬼了。"

她看到南非的服装市场好，就从中国运一些服装倒卖，经常为了联系国内的批发商，深夜里还在聊着电话。每次回国，她都行色匆匆，可我从来没在她脸上看到过时差带来的疲惫。

虽然很多人给她的评价依旧是"听说赚了很多钱，但没有家庭怎么行"。

3.

几年后，小玉阿姨回来了，一个人。

当年说她闲话的那些亲戚，抱着孩子来看她。

面对假模假样的安慰，小玉阿姨客气地回答："我也挺寂寞，有空来陪陪我吧。"

她说到做到，买了附近最高档的单身公寓，邀请大家都来坐坐。房间里装修典雅，摆件精致，如同少女的闺房。

她在家设了几场饭局，自学了烘焙，餐后给每个人发了纯色系的翻糖小蛋糕。

她在朋友圈里说看了部电影，想要去印度旅行。第二天带着卡去旅行社一刷，隔日就到了印度。凭着一口熟练的外语，与当地人对谈。

"我带着你，你带着钱"，何必这么麻烦？我带着我自己的钱就好了啊。

之后她特别喜欢摄影，就迅速下手，买了入门的设备和书，有模有样地学起来。

人们都说，人老了，不服老，就会被人讨厌。

这话只适用于一般人。人们讨厌的不服老，人们讨厌的"作"，是倚老卖老、倚小卖小，觍着面子寻求他人照料。

只要能操办好自己的日子，再怎么作天作地，谁也没有资格管。

4.

那些说着小玉阿姨闲话的女子，最终变成了万分羡慕她的人。

她们说："早没看出来小玉的命这么好。"

你看吧，就算到了今天，她们还是不承认这种区别取决于当初的自己。年轻时幸福的依附，就像温水煮青蛙，总有一日会把自己煮烂，丧失独立能力。没有独立，便无法在人生的任何阶段骄傲自由地脱身，即使无路可走，也只能硬着头皮走下去。

而独立，让女人的人生在任何时候都是多选题，在任何阶段都能凭心而活，任何时候都能随时随地拥有少女心。

就像小玉阿姨说的："别人的话又算得了什么呢？"

这话的言外之意就是：我就喜欢看你嫉妒我却又做不到的样子。

5.

高纯度的少女心不是每日沉浸在Hello Kitty的粉红小世界里，或者幻想着盖世英雄从天而降，为你拍拍满身尘埃，说一句"救驾来迟，请恕罪"，而是到了某个年纪，依然步履和缓，独立而善良。

只有精神和物质上的双重独立，才能确保任何年龄都有资格选择自己想要的生活模式，没有后顾之忧地投入到更加新鲜美好的生活中去。

真正的少女心，是就算老去，也不会在儿女的故事里担任无关紧要的配角，而是依然经营着自己的风花雪月。

到那个时候，当别人指着你骂"公主病""少女心"，你心里清楚，她们是生怕别人与她们不同，你就能昂首挺胸，坦然地面对风刀霜剑，熟练地回应道："我就是少女心，你行你上呀！"

6.

少女心是种什么东西？大概就是永远拥有着不切实际的幻梦，眼里每时每刻都冒着星星。五十岁依然爱想爱的人，喝想喝的酒，吃想吃的菜。

少女时的风情万种不算少女心，那是年龄和胶原蛋白撑起来的货真价实的少女。到了七老八十，除却"××妈""××夫人"的称号，别人还愿意尊称她一声"××女士"。能一高兴就撒丫子飞到伦敦喂鸽子，站在人群里像只丹顶鹤似的——这么有劲的人生，才算得上是高纯度少女心啊！

做十年备胎有什么可委屈的？

前几天在微博上看到一篇特别火的文章，讲的是春节联欢晚会上一个做了十年替补的女演员。

她在节目中大吐苦水，说着自己这十年的不容易，在每一次别人的言笑晏晏之后潜藏辛酸泪滴。

在这十年里，她给很多女明星做过替补，每次在交出演出道具的时候都眼含热泪，甚为不舍。偶尔也会抱有一些不太好的想法，想着万一光芒万丈的主角病了，受伤了，或是因为什么无法参加演出，自己就可以顺理成章地被人推上舞台中心。

这样的辛酸我太理解了。

只是我在想，如果让我来安慰一个做了十年替补的人，要从何说起呢？

一场要确保万无一失的晚会需要替补，一场要跌宕起伏的爱情需要替补。任何地方都存在着"备胎"，无论是对于事业，还是对于感情，做备胎，其实，很多时候只是自己的一种选择。

大学时，我曾经跟圈内的朋友去横店，就是那个号称东方好莱坞的影视基地。

刚开始我特别不能理解，这里有许多条件特别好的姑娘，肤白貌美，窈窕纤瘦，却都在争着做替身演员。替身演员大多没有自己的台词和动作，所有的一切都只是主角的另一个缩影，甚至连在荧幕上出现的机会都没有。

待了一段时间之后，我也成了争着做替身演员的众人中的一个。原因很简单，在我能达到的最高层次上，替身演员是能够收获最多金钱利益的岗位。

你只需要站在某个位置，给演员试试光，就能有一笔不菲的收入。你甚至都不需要参与剧情，只需要把服装穿上站一站，就可以获得一天的工资。

更有甚者，因为在做替身演员时的精湛表演获得导演青睐，被临时拉入剧中客串一些小角色。

所以我选择了它，有理有据。我不觉得从理论上，这有什么可悲的。

可我依然可以跟大家抱怨我是可怜的，因为我没有镜头，没有灯光，没有掌声。可我依然可以暗地里鼓励自己：可是我有钱啊！

我只要把钱数得啪啪响，就觉得头可以仰得再高一些，好像只要在剧组里装完孙子，出来把钱一甩，就能得到尊严似的。

以我这半路出家的烂资质，这已经是最不装孙子的活法了。

人都有自己的取舍，自认为不值得的事，没有人会去蹚这浑水。事业如是，感情亦如是。

没有什么是放不下、舍不得和无法抉择的。所有的放不下，不过是在第一观念下无法权衡出轻重。而选择的过程，便是在两个差异性不强的选项中，选出更遂人意的那个。

别硬着嘴不承认——那些战战兢兢踩线而为的，辗转左右两面讨好的，无一不是另有所图。

人活在这个世界上，总是要图谋些什么。而人与人之间的区别，不是在于有无所图，而是在于，图什么。

你说舍己为人图什么？以小人心度之，认为一定图的是利益、荣誉，因为他不相信有人会不索求什么。

这其中有一部分是对的——确实没有人不在索求。

只是，最崇高的人，索求的是内心安宁。

自从开了微信公众号，就有许多朋友向我询问关于"备胎"的问题：

"我的男朋友同时有好几个暧昧的对象，和每一个都拖泥带水，我应不应该和他继续下去？"

"我发现我的男朋友和别人更为亲密，我是不是成了'备胎'？"

"我觉得他把我当'备胎'，已经四年了，我还应不应该继续下去？"

每次当你们讲完一个又一个很长的故事，隔着屏幕，我都能看到你们明眸皓齿却舍弃不下的样子，心疼着你们不计前嫌的付出。

我特别想送一个故事给你们。

纵观"备胎界"，我最佩服的人是小时候邻居家的姐姐。我第一次看《一个陌生女人的来信》是被她带去的。在某个昏黄的傍晚，她租了个影碟，放在DVD机里看。看完之后，她撇了撇嘴说："什么玩意儿啊！"

人怎么能爱得如此卑微，不计所得？

那时候她喜欢着一个我并不认识的男孩子，因为我没见过，所以并不知道他哪里好。她也不向我解释，似乎那个人的种种好，除了她，也不需要外人知道。

那个陌生的男孩，失恋以后常常来找她，以朋友的名义约她一起出去唱KTV、吃饭、看电影。小姐姐心花怒放，每天把自己捯饬得漂漂亮亮出门，像一朵常开不败的花。

她自嘲自己是"备胎"，还有句豁达的名言："和男神吃顿饭特别划算，花一样钱，却吃到了一顿高附加值的饭。"

仅此而已。

不做过度的猜想，不以仰视的态度。甚至"备胎"一回，还能从心底里喊出：老子就是花了一顿饭钱，请他来多了解了解我。

做"备胎"，别伤到自己，做一个有自知之明的"备胎"。

我是"备胎"，可是我美我白我有钱我胸大，给你备着是想给你个时间睁大眼睛好好看看。当然，你要是就这样瞎一辈子，我也不耽误自个儿。

后来她居然奇迹般跟她的男神走到了一起。

有人说就是因为这趁虚而入的温暖，可是我却不觉得。

目睹着小姐姐特立独行的"备胎上位记"，才会知道这并不是时间留下的感动。她没有死缠烂打，也没有强行抛弃，只是顺其自然地多给了他一点儿两个人的时间，吃饭、聊天，多给他机会了解她的每一点好。

在做"备胎"之前，他没有足够长的时间了解她。

如今，小姐姐偶尔谈起自己曾暂时做过"备胎"。

反而是她的男神居然不承认了，说他可是一直喜欢着她，只是她不知道。

如果是纯粹在看一个故事，我大概会写一个男孩是怎么在失恋后和另一个女孩旷日持久地暧昧，在心底里骂他"渣男"。

可是看着小姐姐，我突然觉得，或许有种女孩，就算遇到"渣男"也不会自怨自艾，反而激起她变得更美好的斗志。

"备胎"，B角，从名字上来说就足够卑微。

但我从来没有想过为什么是我要吃这个苦，我的苦都是自己选择要吃的，并不是别人决定的。

不要在众人面前装可怜，控诉自己做"备胎"的辛酸和苦楚。你都已经清楚地认识到了自己"备胎"的身份，还选择继续做下去，所有的付出也都是你情愿的。

你原先的想法，无非是想用双倍甚至更多的付出换回一个可能发生的小概率事件，只不过在最后，这个小概率事件依然如大部分人所料，没有发生而已。

在做"备胎"之前先问自己两个问题。

第一，如果继续做下去，我有多少转正的可能？

第二，如果继续做下去，依然没有转正的可能，我能坦然承担起后果吗？

给自己一个不长的期限，在这段时间里，不把自己贬作"备胎"，而真正以朋友的姿态与他相处。你本不是尘埃，犯不着为任何人飘在冷风中。

过了这个期限，告白不成就放手吧。时间太长，你更难忘掉他。

写到这里，我要说，我一点都不赞成你做"备胎"。"备胎"这个叫法，太自我跌份儿。

如果他足够好，就当作一场追星式的单恋，享受其中，别喊得像他欠了你似的，挺没意思。如果他糟糕透了，把一手暧昧牌打得顺风顺水，那算我倒霉，拍拍屁股走人。

没什么好妄自菲薄的，毕竟你还能做他的"备胎"呢，还有多少人在你男神背后排着呢，想上没勇气，上了也没机会。

这样想想，也就觉得做个"暂时的备胎"也是自己的乐趣。

——我当"备胎"，那纯粹是我乐意呀，有一天我不中意你的时候，依然能够保全自身全身而退。

"备胎上位"当然好，"看清真面目"离开也好，就算"上位不成反被踹"，那也算不得什么。

你这么优秀，都能被当作"备胎"，那是你眼光好而他瞎啊！干吗和残疾人谈恋爱？

1.

自从我在一篇文章中说自己做了媒体工作，就有读者来找我，拿了很多她帮各路甲方写的作品给我看，其中不乏一些名家作品。

但小姑娘似乎不太满意现在的生活，自顾自地感叹着："每次都被他们胡乱删改，破坏了原貌！"

我心中感慨着，真巧啊，就好像看到了几年前的自己。

其实也不完全是，光看作品来说，她的起点比我高多了。

在学生时代，我也帮一些小广告公司写过软文。我的本专业与此风马牛不相及，加之内心里有一些自恃清高的抵触情绪，做起来颇为吃力，能得到些小公司的青睐已是幸事。

医学院的大二课程是纵跨一整天的。从早上八点半开始上课，加上晚上的选修课，一直要上到晚上九点为止。而我前一天晚上接了加急的单子，反复改了几稿。又趁着中午别人在吃饭午休的时间，在图书馆里给甲方传了我已经记不清是第几遍修改的稿件。

等了半晌，对方没有回复，我想，皇天不负有心人，终于能在规定的时间内通过了甲方这一关。

晚上九点，最后一节课结束，正当我考虑着是要买个山东杂粮煎饼还是撸几个烤串做夜宵时，突然就收到了甲方的短信。

短信内容我已经忘了，总之，大意就是"呵呵，重做"。

说得轻巧快活，似乎重做的难度就像孙猴子的七十二变，拔根汗毛就能霍地变个形象。

那时将近晚上十点了，心中的委屈一窝蜂地涌上来：你们这些该死的甲方，亵渎我的文采，玷污我的作品，否定我的劳动，一句毫无方向的"改改改"，就延长了我的工作时间。

之前几经修改，我觉得我的文案已经完美得无可挑剔。无论从人文关怀，还是从细节描写，我自认再没有更好。

我甚至想要立即和甲方激辩一场，拿着我的方案和最终案做对比，争个你死我活。

二十多岁的思维里，有多少当下认识不到的局限性。现在回想起来，那个文案确实不够出色，可能在我所熟知的特定人群里广受欢迎，却不具有征服各个阶层人群的魅力。

那一夜的挑灯夜战很难熬，但不可否认的是，涉世未深的我，就是在别人挑挑拣拣的苛刻目光中成长起来，并逐渐学会去判断作品的好坏。

2.

我的第一份工作是在一家氛围宽松的传统纸媒公司。等我通过层层面试，终于挤破头进了单位，却发现毫无意义的例会是家常便饭。

刚出校门的我一度不能理解，领导们为什么总是不能提纲挈领、简明扼要地表达他们的观点，非要绕一大弯子再折回来。在风和日丽的日子里，弃了大好春光，赐我无数个昏昏欲睡的下午。

一日，又是例会。

那时的我和所有初出茅庐的年轻人一样，特别容易陷入一个纸上谈兵的误区。虽然没有实践，但是深度思考过，便做出一副很懂的样子，默认这是可行的。

早在这份工作之前，我就涉猎了不少媒体工作，感觉自己颇有经验。

正好当天谈到的问题，是我曾经深度思考过的。我便洋洋洒洒发表了一通言论，最后陈词：我在北京的媒体朋友是这样这样做的，他们去年获得了这样这样的好成绩，我们应该这样做，这样才有效果。

我提出了与主流观念大相径庭的点子，还迅速地进行了自我佐证，驳斥了在场的所有人，"顺利"地让大家都下不来台。

我在嘴上吃了大亏。要是有台时光机能够倒回当时，我恨不得马上扑上去掌掴自己。

以后的例会上，沉默的时候领导都冷不防来一句"来来来，我们听听新来的小林有什么意见"，让我恨不得一下子钻进地缝里。

因此我不得不花更多的时间在办公室关系上。不仅如此，我也发现，自己的"见识"若是没有前辈们的"经验"打底，其实是非常容易造成自己误判的。

3.

二十多岁的时候，我们永远以为自己是最聪明的那个。

我们看不起老板的思想老派，嫌弃他们连O2O、B2C都不懂，却夸夸其谈着要用互联网思维做运营；

我们嫌弃他们连一次简单的线下活动都组织不出，却在空谈什么社群经济；

他们不懂年轻人的新词儿，就像春晚上永远有几个"钉子户"一般，说着已经过时的老梗当笑话，却自以为新潮好笑；

他们看不懂豆瓣top100的影片，不懂"布莱顿学派""德国表现主义"和"库里肖夫效应"，却妄图评价我们文思斐然的影评："小王啊，你这个文章差点火候啊！"

他们浅薄、无知、过时，凭什么对我们指手画脚？

那时的我们不明白，上司之所以成为上司，不是因为他们什么都能做，而正是因为他们什么也不做。

你还欠着他二三十年的盐，就算他在这三十年里每走一步都摔一跤，跌出的坑都比你埋进去来得深。

二十到二十五岁，无论你有多强的事业心，这都不是一个适合去抢夺发言权的年龄段。

如果你只是一个普通人家的孩子，没有人会在这个阶段就放心地把发言权归于你。

成长的关键阶段，断不要把时间浪费在毫无意义的对抗中。与上级的对抗和抢夺发言权，只会让自己处于孤立无援的下风向。

二十多岁初入职场的你，要努力去做的是提高能力，而不是争取发言权。

但我并不是让你成为一个附和谄媚的傀儡，在世故圆滑里抛弃自己的理想。

永远要记得你二十岁的妥协是为了什么——不是为了趋利避害，而是为了蓄力，待有朝一日，获得和实力相匹配的发言权。

随着时间的推移，总有一天，你会从"发言权"的绝对外围攻破防线。届时，你将获得"发言权争夺战"的入场券。而最可怕的是，等到你有机会拥有发言权的时候，却发现自己没有与之匹敌的能力去争夺它。

二十多岁，需要兼收并蓄的耳朵，更需要实干家的双手，等待一场恰好时机的厚积薄发。你心有万家灯火，才有机会做一盏最亮的明灯。

我上大学的时候，住的宿舍是八人间，四张上下铺，两两相望。那时，宿舍里特别流行深夜卧谈，几个女孩在熄灯后彼此看不清表情，更添了几分神秘感。聊得最多的，除了让大家闷进被子里喘大气的鬼故事，就是尚未开化的感情了。

某天不知道谁挑起的头，寝室里突然聊起关于女人二婚的话题。

大学少女们聊起这种事情，内心总归是还有些羞涩的，却又都扯大嗓门想装出一副特别了解的样子。

达子打头讲了一个故事。

她的小姨妈，自小就不学无术。大学毕业后跟一个比她大几岁的男人南下私奔，三十多岁的时候带着儿子回来了，又嫁了个头婚的大款。大款不仅钱多，人也俊俏挺拔，年龄也差不多。隔年，她的小姨妈就生了第二个儿子。大款待他们母子都很好，家里的别墅专门腾出一层给爱好摄影的大儿子创业，奢侈品更是按箱买来。

达子是本地人，一口南方腔，这故事在她刻意咬准的重音下显得更加离奇。

听完了故事，大家纷纷表示，要么这女的有什么非凡的骚本事，要么就是这土大款傻得彻头彻尾。

毕业后，我从医学院转投文化产业，一时就业无门。达子提起她小姨妈的单位正在招人，让我前去一试。我这才知道，原来那个有着"非凡的骚本事"的小姨妈，现在是某出版社的室主任。

之后，我顺利进入出版社工作，小姨妈成了我的直线领导。达子与我们夜谈的那些话，我自然没有再提起过，只是每次见到小姨妈，免不了要浮想几分，却怎么也无法将眼前这位衣着朴素、笑容亲和的中年人与"非凡的骚本事"联系到一起。

小姨妈作为领导，工作兢兢业业。出版社里的大小事务烦琐细碎，她一人操持，却也显得井井有条。至于"非凡的骚本事"，更是不曾见到。小姨妈说起话来落落大方，一字一句铿锵有力，全然不像一只被随意玩弄的金丝鸟。

藏得真是深啊，我心想。

一次我们员工聚会，小姨妈终于带着土大款出现了。那是个清瘦的中年男人，穿着一身不太正式的休闲外套。

酒过三巡，熟识他们的副主任便怂恿他们讲讲浪漫的爱情故事。土大款几番推搡之后，讲了一个与达子所说的截然不同的爱情故事。

女孩上初中的时候就喜欢写作，那时正值琼瑶的年代，女孩不喜读书，把《窗外》藏在抽屉里偷看。殊不知"窗外"真有个男孩，隔着对面教室的玻璃偷偷瞧她。

女孩的理科成绩很差，作文却常常登上校报，男孩期期买来，把署着女孩名字的那一块做成剪报。男孩愚钝朴实，写不出这样妙笔生花的文字，却觉得她写的每一句，他都能读懂。

在重视精神契合的年代，女孩很开心有人能读懂她的文字，他们来回传信，内容不外乎诗词歌赋与人生哲学。

上了大学，两人异地而居，那时候的信息传输不比现在方便，一来二去关系便冷淡了。女孩嫁作他人妇，男孩专心闯事业。直至再次相遇，重投爱河，弥补错过的那些年。

人与人之间，是有前缘这一说的。

一个人的好，总不会展现给所有人，为何我们不能以最大的善意去看待他人，而要用最极端的恶意去揣测？

她那么可爱，别人为什么不说呢？

那些加诸她身上，再多也不嫌过分的美妙形容词，都被口耳相传的人们自动忽略，留下干巴巴的名词叠加。更有甚者，用妄言诳语重新定型，将她变成了另一个故事里的女主角。

谣言里的当事人，都不是二傻子，她同我一样，在生活中有血有肉地活着。当我有机会站在她身边，逐字逐句地去验证那些谣言时，反而逐步发现自己有多么愚蠢。

网络的传播，给我们更多机会阐述观点，进行价值观的代入，不知不觉就成了越界的讨论。

一个姑娘，放弃了"凤凰男"，转投"高富帅"怀抱。

在一种人眼里，"高富帅"是傍爹傍财。

在一种人眼里，姑娘是嫌贫爱富。

在一种人眼里，"凤凰男"是情商太低。

其实不过是爱一个人比爱另一个人多了些，我们却硬要用"口口相传"将它扭曲成我们想要的样子。

或许我们在表达的，并不是故事本身，而是自己。

前几天，南方大降温，一夜间就跌了十几度。

降温的第二天，塔塔噘着嘴向我们控诉男友的“罪行”。

刚降温那天，塔塔和男朋友去游乐场，走着玩着，气氛上来了，塔塔想撒个娇让男朋友给她买冰淇淋。

男朋友就是不给她买。塔塔开玩笑地回了句嘴，男朋友也有些生气：“别这么任性！我是为你好。”

塔塔觉得委屈：“我大冬天的就想吃个冰淇淋怎么了？我是想吃个冰淇淋又不是吃个炸弹？”

我真的很想劝解她几句，但也确实如鲠在喉，说不出话。塔塔的男朋友做得很正确，可好像离女孩想要的感觉，还差了那么一点点。

我想，塔塔也绝对明白，男朋友是打心眼里疼她，过了这个劲儿两人就会重新如胶似漆。只是本来可以处理得极好的事，一场本来十分欢喜的约会，何必因为一句话而闹得不欢而散？

我有个闺密，他们单位有个规定，只要迟到了，无论是一秒钟还是一小时都要按旷班一个上午计算。

有天，她在家门口的车站等了四十多分钟，眼见就算此时搭上公交，也铁定要迟到，于是袖子一挥，干脆回屋去睡了个回笼觉。到了上午十一点，她带着惺忪睡眼起床扒了一口午饭，一面慢悠悠地走到车站，一面给男朋友打电话。

她原意是想向男朋友控诉一下公司"坑爹"的制度，结果不可收拾地成为"批斗大会"。男朋友说："怎么会有你这样的女孩子，上个班也不好好上，哪一个上司会喜欢员工迟到？再说，你迟到就算了，知道迟到了还不赶紧去公司，这到底是什么想法？太不积极了！"

原打算找男朋友同仇敌忾的她，气得立马挂了电话，一整个下午心思全无，郁郁寡欢。

也有个认识的姑娘，曾经长期活跃在我的朋友圈里。

即将工作的时候，男朋友对她说："你马上就要工作了，怎么还在玩朋友圈和微博？显得太不稳重。"

姑娘觉得有理，从此清空微信、微博，设好了分组，除了转载一些自认看不懂的深奥内容，几乎不再使用。

久而久之，姑娘开始觉得日子越过越乏味，又忍不住发了几条生活动态。

男朋友见了，不由分说地开始教育她："你知道外面多乱，社会多复杂，人心多叵测，这种行为多可怕！点赞和评论这种东西，不过是满足了你的虚荣心。"

刚听到这话时，姑娘的心里是有些许被关心的甜蜜，但转瞬而来的，却是另一种想法："可我只是想记录一下我的生活，分享一些我的快乐啊，你为什么要用别人的眼光裁定我呢？"

如果说女人遇到爱情会舍下身段，无条件地付出，那男人遇到爱情时就容易变得占有欲爆棚，希望女孩的感性见解可以屈服于他的理性思维。

太过于理智的思维模式，加上不带转弯、直截了当的沟通方式，会使信任缺失，逐渐产生隔阂。就像学生时代，谁也不会对教务主任说自己喜欢隔壁班男孩的事儿。

——他说要我相信他，可我知道，只要我说了，就会得到一大堆道理，喝一大碗鸡汤。这种自讨没趣的事，我才不会干呢。

也有人说，当女孩做出不理智的行为，其实潜意识里就是在寻求他人劝阻。

如果真是这种情况，这种时候"劝阻"这一行为，表达关心就足够了，不需要摆道理。

如果你的女朋友告诉你，她生病了，想吃冰淇淋。

说完"不行，还是多喝点水"就够了，不用再博学多识地告诉她冰淇淋含有多少糖分、热量，吃了对她有多少坏处，最后再补一句"你怎么这么不懂事"。

之前我在微信号里做过一个问题调查：说说你在什么时候最有被爱的感觉。收到了一个很值得玩味的答案——"我觉得他在为了我而不理智的时候，最爱我。"

虽然答案中充满了女性化思维，却也不无道理。

如果每个人在恋爱的状态下，都和在生活中一样正正常常，是从哪里虚构出满屏嗜爱如痴的痴男怨女呢？

如果做个问题调查——"最讨厌另一半说的十句话"，我相信"你能不能成熟一点"一定榜上有名。

拜托啊，我已经对着这个世界成熟了很久，只是在你没看到的地方罢了。

你要明白，这世界上这么多道理，就算你不说，也总有别人义正词严地讲给我听。而相爱这件事，唯独你可以做呀！

你完全可以既有理性的思维，又选择一种不那么冷冰冰的表达方式，达到异曲同工的效果。需要理性的思维，但不需要理性的表达。

比起你的"用心教学"，我更希望你重视我的想法——哪怕它在某些时候显得不那么正确。

在恋爱里讲究身段

"身段"这个词，最初是用在戏曲上的。

那目光流媚的青衣花旦，一个小碎步，嬉笑嗔怒，任由人说。

"身段"是主角的象征，有故事的人才配得上有身段。越是边缘的人物，越无人去讲究她的身段。

我曾经认为女人在爱情里是心甘情愿放下身段的。很多时候，爱情对女人下的蛊，让她们不受控制地付出。

《源氏物语》里，光源氏的女人无论身份高贵还是低微，一旦卷入了光源氏的世界，便失了身段，唯爱而活。

你看，一千多年前的故事里，女作家就洞悉了女性，给女人贴上了"爱得卑微"的标签。

即便是这样，我依然认为，身段这东西，是自己给自己的。

大学的时候，闺密中陆陆续续有人"脱单"，剩下我们这些依旧要过光棍节的姑娘，愤而举旗成立"单身帮"。

我们一起去旅行，几个姑娘提着自己的行李箱上下楼梯。动车上的置物架很高，自己一个人也能嗨咻嗨咻地把行李箱举起来，放上置物架。

那时，茹茹在我们中个子最小，一米五的身高，却喜欢穿宽松的大毛衣，我们虽然笑话她像是"穿着男朋友的睡衣"，却也承认她穿起来有种特别的味道。

茹茹认床认屋，带的行李总是最多。每次我们见了都忍不住想要搭把手，但她替我们着想，觉得我们拿自己的行李就够辛苦了，每次都坚持要自己提行李。

毕业后的第一年，当"单身帮"的我们都还沉浸在找到工作的喜悦中，茹茹便宣布了一个爆炸性的新闻：她恋爱了，对象是实习单位里负责指导她的年轻主管。

年轻主管比茹茹年长几岁，海归背景。茹茹觉得，这就是真命天子，她也要学着配得上他。

女人越爱，就不由自主地自觉卑微。茹茹看了很多不靠谱的爱情指南，那些纸上谈兵的理论师告诉她，男人们都喜欢某种模式的女生，她就尽量往那个方向靠。

于是，大灰毛衣自然再不能穿了，换上了凹凸有致的A字裙。头发也从齐肩留到了腰际。

之前，茹茹喜欢看韩剧，大学时我们偶尔接些私活，帮自媒体公司写些关于韩剧的评论。我们都羡慕她，能把一部一般水平的片子挖掘出深度与水平。恋爱之后，她觉得海归男朋友大概不喜欢她看这类"没逻辑"的作品，就转战英美剧圈。强拗出来的影评，让人看着都觉尴尬。

大学旅行时谈过的那些关于独立女性的理论，像是突然人间蒸发了一样。

不只是她，连我都以为，无论什么样的男人都会为这样尽心竭力的爱情充满欢喜。

结果却是年轻高管先提出了不满。他说："茹茹啊，你为什么和以前不一样了？"

茹茹觉得年轻高管是在为不喜欢她找借口——她这么努力，他没理由不满意。

我知道你爱得辛苦，也心疼你爱得辛苦，却多想对你说一句："其实你不必。"

不是每个男孩都爱你放下身段的样子。一个在良好的教育体系下长成的思想独立的男性，有时候恰恰是看中了一个女孩的"身段"。

这"身段"是价值观、生活质量和视野的综合体。

你以前能够单枪匹马出门旅行，为什么现在不可以了？

你以前能够写出很棒的影评去抗衡别人的"韩剧无脑论"，为什么现在不可以了？

你以前为了自己的个性，无视了多少人的眼光，为什么现在不可以了？

那些你曾经引以为傲的"身段"，现在又为什么抛弃了呢？

真正的好男孩，也会重视未来另一半的独立思想，而不是希望她成为单纯的学舌鹦鹉。

精神的契合，绝对不是"他说的都对"，而是两人对同一事物有相应深度的理解，能提炼出自己的观点做交换。

有本书叫"玩命爱一个姑娘"。玩命去爱一个姑娘，有没有可能，我不知道，但玩命去爱一个小伙子，最好还是不要了。

"玩命"这个词，就好像玩火玩得烧了身，过界踩到地雷。

这种"放下身段"并不是特指女追男。相反，我觉得女追男这件事特别有身段，用俗话说，特有面儿。

这种"身段"，不是外人看来的违反世俗，而是独立于他掌控之外的自我意识。

爱情需要磨合，但不需要附和。没准他爱的就是你的"身段"，那一招一式，一喜一嗔，一举手一投足。

女孩的"身段"是自己给自己的。自降身价这事，多作贱自个儿。别为个薄凉人，最终凉了自己的心。

亲爱的，刚才我们一同吃完夜宵，浑身荤腥气地从路边摊的遮雨棚里出来。我对你说，想和你吃一世的路边摊。

虽然我未曾抬头看，却已经大概能猜到你脸上有着不快的神色。

其实，这并非是怀疑你的能力与气魄，也并非怀疑你扭转不了现在清汤寡水的日子。相反，我为我们的未来幻想了无数种可能性，但都融会在这句话里，不信，你听我解释。

"我想和你吃一世路边摊。"

有一种最坏的可能，是我们穷得只能够吃路边摊了。可这并不是什么大不了的事儿，我不挑食，放在嘴边上的东西都能咽得下去。

我猜你一定是遇到什么困难了，彼时，请

你务必不要对我隐瞒。否则，无论是炒面、面线糊、关东煮、山东煎饼还是驴肉火烧，我都吃不香。生活慈悲，它断不会让人走到山穷水尽的境地。两个人合力把一个人的苦吃完，甜头也会来得快点。

正如我说的，我不挑食，可我们也不能无所事事吧？反正我那么贪吃，实在不行，我们就支个摊也无妨啊。我虽然不太会做，但吃相这么好，应该能够帮你吸引许多顾客吧。你不用害怕兵败会稽、自尊扫地，无论你做什么，我都愿做你的第一个食客。

"我想和你吃一世路边摊。"

还有一种可能是我们吃惯了山珍海味，偶尔吃顿路边摊换换口味。

我年轻的时候幻想过很多次这样的生活，出门随意就能吃到一顿不将就的晚餐。再说了，我的少女时代虽不能说锦衣玉食，却也备受宠爱，和你在一起并不是为了吃糠咽菜地体验生活。

可是生活就像跳房子，跳歪了一格就到不了终点。被饿死的穷人不多，被腻死的富人不少。再满汉全席的人生也需要消食，不能全被欲望塞满。

鲍参翅肚有与之相匹配的格局与气度，但也不能逢人便拿捏着鲍参翅肚的架子。"不要低头，皇冠会掉"，这纯粹是耸人听闻。你我生来不是王侯将相，不低头难道等着他日颈椎劳损吗？

"我想和你吃一世路边摊。"

再有一种可能，是像我们今天这样，只是路过一家路边摊便随意地走进去。

真幸福啊，过了那么多年，我们居然还能一起出门，一起路过种种世俗的风景。趁我们年华尚好，牙未掉光，多在味蕾里留下些纪念。

坐在简陋的遮雨棚下，老板给我们炒了一盘田螺，我能当着你的面哧溜哧溜地吃完，不必拿手遮遮掩掩。你让老板再来一碗，我佯装拒绝，说再吃就要胖了，你却说无论我什么样子你都喜欢。我的姿态，无论好的坏的，都能在你面前不加掩饰。你记得我的红烧豆腐里面要少放辣，烤茄子不能太软，福鼎肉片里不能加香菜，我们的每个习惯都像在笔记本里写的一样，写在彼此的心上。

我们吃得恰到好处地饱，走得恰到好处地快，一如往常，一切都恰到好处。

我想和你吃一世路边摊。从两小无猜，吃到风烛残年。纵使换了千般口味，依然是你在身旁。

不需要的东西，免费也别要

大学的时候，我随着志愿者协会去参加助残日活动，那时，我们去发一种手环，戴上这个手环，可以证明你是残疾人。手环上有可以写残疾人信息的地方，也有一串志愿协会的联系号码。拨通这个号码，就可以随时联络附近的志愿者寻求帮助。

因为考虑到残疾人也有自己的喜好，手环做得很精致，上面有一块不容易被刮花的透明材料，可以用来嵌入使用者的姓名条。

奇怪的是，我们发现前来领取手环的人形形色色，多半不像是身患残疾的人，他们笑容盈面，到服务站拿完就走，也丝毫不问手环的用处。

还有一次，我出去做活动。活动地点设置

在妇幼医院，内容是给孕妇发一张挂在门把手上的卡片。上面写着"背奶妈妈正在挤奶，请勿打扰"。我们使用软质塑料，设计成了彩印着韩国小清新插图的卡片。因为展台人员有限，我们在附近放置了写明适用人群的易拉宝，设置成了自取。

结果意想不到的是，短短一个上午，我们带来的两箱赠品只剩下半箱，许多根本不是孕妇的人前来领取。

痛定思痛，下午我们派了专人在那里守候，结果剩下的半箱都没有被领完，但是还有一些人，在遭到活动方的询问时闪烁其词，或是扭头就走。

后来我渐渐发现，无论我们分发什么样的东西，只要是免费的，都会有人不请自来地领取，将白纸黑字的规定置之不理。

有一类贪便宜的大人，什么便宜都要贪，好像免费的东西若是不拿，就是自己吃了亏，丝毫不管那东西有什么用处。

逛北京书展时，我们遇到很多拿着个大袋子的人。他们四处走动，趁着参展方不注意，就一摞一摞地抱走公司彩页和图书订购目录，让参展方苦不堪言。

有人可能会说，我把它们当废纸卖了，改善自己的生活也算是一种价值。这真是强词夺理，这些东西在这些人那里所产生的价值，远远小于它被设计出来本身所具有的价值。对需要它们的人来说，这本可以有更大的价值。我们应该把合适的东西放在最适合它的地方，让它发挥自身应有的价值。

对背奶妈妈来说，在公共场所，一个指示挂牌给她们起到的作用，比你把塑料书签挂在自家门上起到的作用大得多。

对残疾人来说，拥有一个特制手环可以使他们在遇到紧急事件时，及时获得他人的帮助。而你只是获得了一个转瞬间便弃之如敝屣的装饰品。

对书展的参展商来说，他们印制彩页和订购单，是为了方便客户。而你只能将无数人的方便转化为一元半角于事无补的微薄收入。

这些人凭什么如此随意就改变物品的性质与价值，还怀抱着大众对社会底层人群的同情心，如此振振有词？

骨灰盒免费你要不要呢？大多人嫌晦气，但对于这些人，骨灰盒都可以拆开来当木材卖，若还镶金嵌银，恨不得把粉都刮下来卖。

有一种情况比这一种更常见，也更无理。孩子在一旁看着小物件有趣，吵闹着想要。父母一想，反正也是免费的，又禁不住孩子闹腾，就来要一个，逗孩子玩儿。或是正好路过，觉得有趣，也顺手拿一个。

其实我觉得，对于孩子，这恰恰是最好的受教机会。告诉孩子，不是想要的东西就一定不要拿到手，世界上每个事物都有最适合它的地方。免费的东西包罗万象，像齿轮的每一个齿都有固定的规格，只有各尽其职，各处其位，才能圆满地施展各自的作用。只有父母身体力行地投入教育，才能潜移默化地使孩子成为一个懂礼数的人。

人与动物的差别，便是人有可控制的欲求，我们称之为人性。而兽之欲求，一旦激起，常常不能控制。我们若把这人与兽唯一的差别界限都淡化，何以为人？

记得有一句外国名谚，说当你有两块面包的时候，就拿出一块面包去换一朵玫瑰。

免费的东西，对于我们可有可无，不如把它让给更为需要的人。这也是一种不用付出的奉献，将需要的东西，留给真正需要的人。

何况，很多时候，免费的东西不是你能得到的最好的。免费，在更多的时候代表着廉价。你已经有了金刚钻，可以揽瓷器活了，为何还要和只能伐木的人抢一把斧子呢？

不要企图寻找替代品，最后兜兜转转你会发现，所有的替代品都没有你一眼相中的那个好。最后你还是会心心念念想要它，而放弃免费的那个。因为将就和凑合，选择了免费的，有一天你还是要重新寻它于灯火阑珊处。

这就像面对一段感情一样。

在做情感专栏的时候，有许多读者说："我已经感觉到他不是那个对的人，可是他现在在追我，我们俩最为熟悉，我只要点头答应就能得到一段还不错的爱情和一个还不错的男人，我感觉睁一只眼闭一只眼我们也能过得下去。"

那么长的自圆其说，不就是在告诉着我"因为这段感情是免费的，所以我想要"吗？你可以不投入任何的精力，没有任何的付出做筹码，就可以跨入一段看似不错的新生活。

以你日常的经验，这种不平等的关系能够实现吗？

你想免费，又想有最充沛的体验，当然难以实现。

不需要的东西，免费也别要。

1.

我认识的一个姑娘，七岁到美国。父亲是偷渡出去的，在外居住了十多年，终于拿到绿卡。

母亲先得到允许，出国去与父亲团聚。她在国内等着母亲带她出去的消息，却等来母亲在电话里欢快地告诉她："你马上就要有个小弟弟了。"

新生命的诞生，让所有人忽略了她。

等到一年多后，她到国外学习，摸着崭新的家具，看着素未谋面的父亲，才发现自己成了这个家唯一生疏的客人。

语言更是一个问题。她在国内没有上过任何语言学校，只是国内一个普通七岁孩子的英语水平，连自我介绍尚且磕磕巴巴，更别谈能听懂上课内容。

幸亏老师温和，对于教育这样的小移民也颇有经验，给了她一支笔，让她尽情涂涂画画。

可能是因为太寂寞吧，她画着画着竟然渐渐画出些端倪来。起笔落笔之间，已然有了栩栩如生的形象。

她顿时觉得人生似乎也并没有那么寂寥，夜半无人时，也有画儿在和她对语。

2.

一个小镇上的少女，梦想着要写书。

二〇〇八年的时候，她十六岁，是个被所有人说成"没有前途"的中专生。

她拿着每天的餐费泡网吧，几乎在所有的文学门户网站都更新了作品。

一时出书无门，她又在论坛里持续写帖子，只要有网编愿意推荐，从家庭琐事、学习心得、八卦杂谈到鬼神怪谈，她都写。终于，功夫不负有心人，北京的一家出版社联系她签约。

一本合集，版税不高，却终于可以如愿变成铅字。

在十六岁那年，她第一次来到北京。

在北京的第一顿饭是在桥头吃的麻辣烫，在北京睡的第一觉是在肯德基。

姑娘特别绝望地想要回家：北京的夜还真是热闹，有这么多无处可居的人，一定也不是什么好混的地方哪！

深夜里，她枕着一个行李袋，蒙眬中觉得有人伸手想要掏她的包，就伸过手拽了他一把。

结果一睁眼，发现是一个肯德基的店员。店员看上去很年轻，也就二十来岁，他递给她一杯可乐，问她要不要喝。

大概可乐不是按件计费的，所以偶尔多倒一点点也不要紧。

那男孩长得不好看，甚至姑娘早已回想不起他的样子，千思万念，不过是在平凡世界遇到的一个好心的普通人。

但那时候，姑娘就这么酸了鼻头，觉得未来的日子突然有了盼头。

3.

第一个姑娘和我同龄，在世界五百强金融公司工作。虽然不是月薪上万，但作为一个亚裔小职员，已经算是很好的起点。上次她回国时，发了个小视频。她带着一帮老外同事谈笑风生，说着流利的英语。纤腰翘臀，全身都透露着优异"ABC"的质感。

我们约在家里见面。我爸妈做了些普通的家常菜，她用无障碍的中文直夸着"好吃"。就算用最苛责的中国传统观念来评价她，也是明理得体、落落大方。说实话，我真的有一瞬间，不想带着这个回头率超百分之两百的朋友一起逛街。

第二个姑娘后来成了自媒体红人，前阵子流行"让男朋友猜化妆品的价格"，她还录了个小视频，下面很多人评论说"女神用的就是不一样"，"女神你的化妆品都好贵啊，你一定是出身在很好的家庭"。

那天夜里，姑娘发朋友圈感慨："你看，美好的事情都在我身上发生了，就像我从来没有想过有朝一日，别人会说我的化妆品很贵，有人会说我出身于很好的家庭。"

我不想写鸡汤，但这就是"别人家的孩子"现在的样子。

4.

我不知道你现在在经历着怎样的辛苦，挑灯夜战或是忙于生计。

到了某个年纪后，再看人生，其实是没有"巅峰"可言的，有的是七起八落、五味杂陈。我们总说生命需要仪式感，可苦难和成功总不伴着仪式而来。恰恰相反，当你回望人生，所有转折都发生在当下看来平平无奇的一日里。

当下的辛苦，岂知非福？

记得曾经有一期节目，内容是岳云鹏寻找一个十多年前帮助过他的姐姐。那时他在酒店打工，因为犯错被开除了。一个同在酒店打工的大学生姐姐带他四处找工作，还从学校里给他带来棉被。

岳云鹏说，没有这个姐姐，就没有现在叱咤舞台的相声大咖"小岳岳"。

现在，观众们谈起岳云鹏，并不觉得他像一个只存在于媒体上的单薄纸片人，因为有苦难，所以凸显出其成功格外厚重。

我们很多时候活下来是因为别人的善意，更多时候是因为我们自己对自己的善意。

这个世界有太多看上去光鲜亮丽的人，耀眼到我们甚至都不相信他们也有自己的辛苦。可是你并不知道的是，这是他人生的哪一个阶段。你们相遇太晚，所以你并不知道，这或许是千难万险后的"守得云开见月明"，抑或是洪流湍急后的"轻舟已过万重山"。

活得容易的都是别人家的孩子，我们没有目睹他们的成长，才会妄自揣测他们的成功背后有"贵人相助"。

其实，哪有那么多活着容易的人啊，不都是哭过、痛过、眉头一皱熬过来的普通人吗？

正是以为他们是有距离的"别人家的孩子"，才会有人对他们的成长过程断章取义。

就像那个深夜里抹干眼泪对着磁带学英语的女孩，终于在入睡后的美梦中声声呓语。就像那个在肯德基里睡了一天醒来的姑娘，终于看见半轮太阳从云上升起。

　　没有一本自传不是由苦难写起，熬过的辛苦，都是人生的勋章，是一笔一画写就的踏实的成功路。

　　运气是风调雨顺的天气，有人屡遭旱灾，有人连年雨水，但总有四季相和的一日。但愿那时，你已有拔地而起的枝干，可以任由清风细雨在你的枝上挂果。

第三章

GIRL

you have the right
to live a decent life

心意相通
才有最牢固的
感 情

找一个能吵得起架的人很重要

前几天，闺密聚会时，朋友讲起她学妹的事。

学妹是个南方姑娘，大一时就被家里以"认识个新朋友"的名义安排了相亲，对方是个比她大八岁的创业公司老板。

涉世不深的小姑娘立马沦陷，成为同级生中唯一"出门有车接，假期欧洲豪华游"的未来阔太。

如今大三，别人都在准备找实习单位，多金男大手一挥说，别找了，回来结婚。

当学妹和我朋友聊起这事时，朋友一度以为她这是准备在单身学姐面前"得便宜卖乖"，之后却越听越觉得有理。

抱怨的话说了很多，其中有一条，让我朋

友印象颇深。

她说："你知道吗？我和他根本就吵不起来。"

朋友疑惑："吵不起来不是好事吗？非要吵得鸡飞狗跳才算是爱情吗？"

学妹说了一件事。有天，多金男做了件惹她不高兴的事，她怒火难遏，唰地一下把桌面上的文件全部推倒在地。

多金男抬起眼看了看她，也不回呛，继续埋头做事。

学妹更生气，把所有随手可拿到的东西噼里啪啦乱摔一气。

结果，多金男这次干脆连头也不抬了。

结局是学妹自觉地把摔在地上的文件捡起来，端端正正地摆回原位。

那一刻她突然觉得自己很可笑，就像受到了一种莫名的羞辱。

吵不起架是种什么样的感受呢？

她认为天大的事情，在他眼里就是女孩的小打小闹。她觉得泰山压顶的时候，他却觉得就是隔靴搔痒。

有次，她向他抱怨工作压力大。

他回：哦。

哦?

哦??

或许她真的涉世不深,想法幼稚,可当她说出来的那一刻,一定不是在期待一个"哦"字。

或许他也真的不是敷衍,只是以他的阅历,这种因为工作不顺而满腹愤懑的剧情,对他来说已经是太久太久之前的记忆了。

看似包容,实则是隔阂。

这好像是年龄差造成的,其实不一定。另一种情况更经常见:其中一方故意地在另一方面前表现得异常成熟。

和太成熟的对象谈恋爱,无论是对于男方还是对于女方,都是件特别有压力的事。但还有更可怕的一类——明明不成熟,却在你面前自恃成熟。

有个男性朋友,无论你对他说什么稀奇的事,他都能摆出一副见多识广的样子回答你:"我原来也和你们想法一样,但是后来几起几落,成熟了就不这么想了。"

如果你驳斥他,他也不跟你吵,只是很平淡地定论"站的角度不一样"或是"你还没到那个年龄"。

这种姿态也被他带到了爱情里。

在他自己的叙述里，他的女朋友小家子气又不懂事，但是自己又"不稀罕和她吵"，"我总让着她"。

这就好像拿着个大喇叭告诉大家："你看，我站在你们思想和阅历都无法企及的高度。"

两个人，都把自己和对方放到同一个段位上，才能吵得起架。

就像打双人比赛，一个人总是在打得热火朝天时，另一个人消极应战，说谁输谁赢这种事情没意义啦！

这样还不如和一个输不起的人打比赛来得有趣味。

吵架至少表明了一种势均力敌的相处方式。一个委曲求全的豪门新娘是断然不敢和她的丈夫撕破脸的。

能吵得起来的两个人，一定是平等的，二者之间有平衡的关系。

吵架，这是一种极致的表达方式，并不是压下去的火星就不会复燃，只会等累积到一定量了，就噌的一声烧它个片甲不留。

这并不是说相敬如宾就不是爱情，经常吵架和吵得起架完全是两个概念。

话不投机也比无话可谈来得好。吵得起架的两个人至少在观念上有交集，有共同的关注领域，都愿意向对方表露自己的心声。

八卦小报里经常把两个识于微时的明星，大红大紫后的分离报道成"始乱终弃"。虽然不能把感情破裂归咎于某个独立的原因，但也绝非仅凭媒体的只言片语就可以臆断，我总愿意往另一个方向想：总有一方愿意攀登，而另一方愿意选择宁静。生活的理念不在一个思路上，吵到最后，变得相看两无言。

一个人因为经历太少，而什么都想要。另一个人因为经历风雨，什么都见怪不怪。

一个人喜欢走走停停看风景，另一个人恨不得抓住每一秒多走一步。无话不谈成了无话可说，两个连架都吵不起的人，最终要面临的，唯有分离。

1.

同事赵小朵最近非常苦恼。

赵小朵是那类在事业上特别有野心的姑娘，而且是"司马昭之心，人尽皆知"的那一类。

我比她早一年进单位，但她进公司的时候我也还算是半个新鲜人，不敢造次。她进公司后第一次员工评选，我们这些五年期以下的"生物链"底端人群，根本就不敢投自己的票，即便是只有五年以下工作经验才能得的新人奖也是年年空缺，唯独当年唱票的时候多了赵小朵一票。

自此，大家看她的眼光都有些奇怪——刚来几个月的新鲜人，除了她投了自己一票，几乎没有其他的可能性。这股狂妄自大的劲头，还真不是别人能有的。

哪料到，不久之后，单位的前辈们对她的看法就大为改观。

她确实是个足够勤勉和上进的好姑娘，在我们那个科室里每天来得最早，开门通风，整理桌面，主动提着笨重的热水瓶到开水间打水。

偶尔路过她的格子间，总能看到那埋在案头下奋笔疾书的小脑袋。

连我们这些同样是新人的，虽然在她的衬托下显得愈加懒惰，却也从心底里对她刮目相看。既是对她精力充沛的嫉妒，也是对她拼搏努力的崇拜。

2.

赵小朵的苦恼并不是来自于她的工作和同事，她始终坚信努力工作就能有所收获，可却发现这一准则不能放之四海而皆准——并非每一份努力都能收获一场与努力相匹配的爱情。

她有个相恋多年的男朋友，上学的时候两人就谈起了恋爱。两个人家世匹配，家境都甚好。那男孩诗情画意，哄得她妥妥帖帖，感觉她像是公主。

赵小朵大二的时候准备学车，那会儿和男朋友谈得难分难舍，就想拉着他一起学。可他就是不愿意陪同学车，理由是暑假的天气太热。

几年过去了，沧海桑田的誓言倒是未变，只是随着年龄的增长，两人都从青葱少年步入了工薪阶层，开始面对更为实际的生活挑战。

于是，我就时不时听到赵小朵对着电话抱怨："你怎么这么懒啊！"

偶尔看见赵小朵从书堆里探出头来，聊起她的男朋友，都是在探讨着他的四体不勤：上班总是迟到，被上司批评，便摆出一副无所谓的样子；口头禅是"这件事情是小事"，"那件事情是小事"，似乎只有像补天裂这般惊天动地的大事儿，才能勉强入他的法眼。

他也有他的理论，觉得成大事者，必要不拘小节。生活只要刚刚好，就好。事业，也只要刚刚好。

3.

赵小朵的爱情，就像拖着一个蹒跚不前的男人，负重前行。

她早已在前面走了老远，对着远处根本见不到影子的男朋友喊着"快一点"，却发现他一直软塌塌地待在原地，一动不动。

在讨论一些感情的时候，我们总说是因为女人逐渐跟不上男人的脚步，因为女人越来越低的"价码"，配不上男人越来越高的附加值。

或许客观条件上确实如此，但现代社会的许多女人反而比男人更重视在主观条件上的"努力""上进"的标签。也有更多的男人，在初出校门尚未成熟时，无论是事业心还是持久力，都远不如身边的女性。

任何一个有抱负的女人，同样也害怕着无所事事的男人。

爱情不是带着一个人赶路，负重前行，时间长了一定会累的。不一定要求同在一个水平线上，但两者向前迈步的意识一定是要同步的。

最糟糕的状态是，一个人在跑，而另一个人完全不懂，还在原地傻笑，一脸茫然地看着对方无限向往的方向，质疑着他奔跑的意义。

比起一枝玫瑰花独赏芳华的浪漫，女人更需要一个花匠提供给她"能连绵不断地拥有玫瑰花"的稳定的安全感。

4.

"上海女逃离江西农村"的闹剧过后，很多人都在计较爱情的起跑线。

其实，我所认为的爱情，是两个人虽然没有一样的起跑线，但跑在前后相接的位置，不至于太近，也不至于远得离谱。

我们之所以谈起"起跑线"，自然是因为有其重要性，有时候差距过大，是无法靠后天的努力完全追平的。

但比起跑线不等更要命的，是一个人在跑，而另一个人在走，甚至不走。

爱情看似玄虚，也有它自己的道理，它从不带着其中一个人赶路。若允许你偶尔停步，已是最大的纵容。

势均力敌做队友，互相理解做朋友

1.

我曾经遇到过一个差一点升级成为男朋友的同事。

他还算有钱，长得也不算差。

我们势均力敌，但是待在一起并不十分痛快。他有很严重的"直男癌"，觉得看韩剧的女生跟看足球的男生不在一个等级上，无意中经常透露出他微薄的自豪感。

他对于关心的表达是：

你不要穿太薄的衣服，夏天容易走光。

你不要大半夜一个人乱走，有事情就叫我去接你。

你昨天又去哪儿了？为什么没有及时地给我打电话？

他希望我展示出一种离开他就不能够存活

的状态，来满足他作为一个男性的征服欲。

这和我所希冀的生活状态不一样——我希望自己离开任何人，都能够活得云淡风轻。

我们成长的过程相仿，喜欢吃类似的食物，也喜欢同样量级的店，对金钱的概念也相符。这些让我一度认为，势均力敌真的是一个太美好的事情。

后来，他也感受到了这种区别所带来的不适感，之后我们和平分手。

恋人未满，所以分手之后依然能做朋友。分开之后，我们彼此更加轻松。

我才发现，他真的是一个很好的队友。作为朋友，在很多时候，他能够贴心地了解每个人的需求，手脚麻利，无时无刻不在照顾着身边的人。

我说："你真好啊，以前怎么都没有发现？"

他说："看来我们适合做朋友。"

2.

我之前认识了一个大学在美院学雕刻的朋友。他有个很好的朋友，是他的同班同学，也是"睡在他上铺的兄弟"。每次我到北京，他都前来招待。偶尔谈起校园生活，他言语中无不透露出对那位"仁兄"的欣赏和崇拜。所以我也是未见其人，却久闻其名。

毕业之际，他们两个画技相当，彼此欣赏。但他的朋友并不那么有营销的头脑，每天都只是闷闷地在画室里画画，逐渐地，他们的作品在价格上拉开了差距。而他们遇到的机会也产生了差异，社会地位出现了差别，逐渐地不在一个朋友圈里了。

我朋友的微信里有各类画廊经纪人、广告商、经纪代理，有无数可以立即将作品变现的方式，而他朋友的微信里全是一些"百无一用"的痴迷字画的老派人士，既不位高权重，也无法帮助他开拓事业。

他们完全走入了不同的圈子，但不变的是，每次见面两人依然相谈甚欢。

朋友会推荐一些好的画廊经纪人给他的朋友，而他的朋友则会谈论一些新的艺术体系，说自己又在访山的时候，认识了一个世外高人，每日在崖壁上作画为生。

他们完全不是一条船上的人，谈不上棋逢对手，甚至谈不上势均力敌。他们看似被社会分在两个阵营里，却比那些势均力敌却貌合神离的人多了一份互相深刻的理解。

状态不同，社会评价不同，人生阅历不同，却能内心相通，犹如伯牙子期，高山流水遇知音。

3.

前一阵子，《太阳的后裔》热播，网络上就开始有了"想要一场势均力敌的爱情"的说法。

势均力敌，棋逢对手，在这个阶级化的社会里，反倒变成了一对美好契合的近义词。

开始有人不断论证着，"最好的友情就是棋逢对手"，"最好的相处都是势均力敌"。

其实对于朋友或是爱人，在我的理解里，最重要的，并不是势均力敌，而是心意相通，三观相同。

势均力敌做队友，互相理解做朋友。

感情是不可以用"势均力敌"来量化的。感情是两个人心灵碰撞产生的反应，在这个价值观选择多样化的时代里，拥有相同的价值观才是件极其美好的事情。

有些人可能在社会地位上差距巨大，但在情感上却可以互相理解。

我们之所以说"势均力敌"美好，是因为"势均力敌"常常是价值观相同的必要条件，我们不能将其本末倒置了。

我们穷极一生所追求的，并不是一个势均力敌的人，而是一个和我们拥有共同语言、能够互相了解的人。

势均力敌的两个人可以一起生活，一起逛街，一起工作。各方力量相仿的人在对抗或合作的时候，都是极其合适的对象，但不一定能够互相吸引，形成恒久的亲密关系。

把"势均力敌"作为一个参考，而把"互相理解"作为情感的标准。用"势均力敌"的物质感来量化情感，不如用"互相理解"的感性条件，来量化情感。

物质不理解情感，而情感才懂情感。

我平生最烦的，就是大半夜把我当知心姐姐，拨来的那些询问情感的电话。

这并不是因为我不热衷于答疑解惑，相反，我相当热衷于倾听当事者讲诉情感故事，并提出些"损人不利己"的答案。

只是，很多时候，遇到的只是揣着答案想要等到验证的人，万一收到了与其预期有偏差的回复，即刻暴跳如雷，让我产生一种自讨没趣的挫败感。

朋友琳琅就是其中一位。

前一阵子的某天深夜，我强撑着惺忪睡眼，从没有暖气的南方冬天被窝里挣扎起来接琳琅的电话。

一接电话，果然又是那些咀嚼了千万遍的

没有嘴硬心软，只有他不爱你

139

老生常谈：她一直以来的单恋对象，再一次拒绝了她。

如果我没记错，这大概是她第一千九百九十九次被拒绝。

我困顿不已，却还是压抑着满心的起床气，如前几次一般平心静气地回应她："放弃吧，这都第几次了？"

她不作声，似乎是在抗议我的盖棺定论，隔了一会儿才回应我。

"他只是嘴上这么说，其实他很看重我。"

琳琅又举出种种例子，例如，某天大雨滂沱，他第一时间想到她，让她到图书馆去给他送伞。如果没有爱慕，为什么第一时间想到的是她，而不是让别人过去送伞呢？

还有，平时她遇到电脑运作不良时，只要发条朋友圈，他就会过来找她私聊，给她帮助。如果没有爱慕，为什么第一时间响应她的求助，主动给予帮助呢？

还有，她提出自认为至关重要的一条。

"他平时不太喜欢表达，说话吞吞吐吐的，什么事都喜欢藏在心里，有什么事都只对我说。"

然后，她又自顾自地抛出了新问题："你说，我怎么才能够让他承认呢？"

她不是第一次这么认真执着地佐证自己的理论，她也不是唯一这样自作多情的姑娘。

回想之前，我接到了太多这样的深夜电话。

曾经有一个学妹在追我同届的学生会主席，两个人因为工作关系，常常出双入对的，看着也煞是般配。

后来，学妹表白未果，前来寻求安慰。

其中有一句，让我印象深刻："他对人对事都很冷漠，唯独对我比较热情，我觉得他挺喜欢我的。"

我们看过太多的电视剧，以为男主角的标配就是一张扑克脸，棱角分明，长眉入鬓。以为有一种高大上的恋爱模式叫"嘴硬心软"。也会一时恍惚，自以为现实生活里那些不把自己当根葱的男人都是"将爱慕深埋于心底"的男二号。

其实，回溯往昔，你扪心自问，真的有遇见过一个把女朋友拒绝了一百遍后再说"我从一开始就特别爱你"的人吗？

他在遇到困难的时候想到你，是因为你很好。但又不够好，至少，够不上他对伴侣的期待值。你是很好，你的"好"是可以与他共担风雨的入场券，却没有好到可以与他同桌共席。

所以，我一直觉得，"你是个好人"作为"备胎"专用句，是所有拒绝人的回应里最令人战栗的一句。此话一出，似乎连自己的好坏都需要他人裁定，地位顿失。

至于，那些被引以为傲提及的雨天送伞、及时帮助、态度温和，都是些平常又普通的好。他不过对你比一般人好些，你却觉得自己该包揽下他全部的好。

俗话说得好，打个巴掌还赠颗甜枣。你只一意孤行地看到他回馈的温柔，却忽略了自己已经成倍地付出。这是等价交换，理所应当，不要患上斯德哥尔摩综合征，以为绑匪的偶然温柔就算是爱情。

记得一部很老的韩国电视剧里，有这样一段台词。

男主角形容苦苦单恋自己未果的女二号："就像百年的老橡树，就算大风大雨里也不动不摇，所以无论发生什么事，都不会让人担心。"

女孩自然不服气，赌气地说，前几天喜欢她的男孩还夸她是朵小雏菊。

结果换来了男主角的讪笑。

"是吗？小雏菊？那个人还真是个诗人！"

其实，有时候想，爱到底是什么呢？大概就是当不爱你的人都认为你是耐得住千疮百孔的老橡树时，只有他，固执地认为你是朵小雏菊。

你看吧，在爱的人的眼睛里，就算你独立江雪风雨飘摇，依然是朵有着鹅黄色柔软花瓣，需要被保护的小雏菊呀！

所以，才没有什么嘴硬心软，才没有什么"霸道总裁"，只有他不爱你。

现实生活中才没有光天化日伤你害你、暗度陈仓思你念你的人。他若爱你，便是清风，辗转千百度也要伸手拂动你的脸。他若不爱，恨不得化作天边云，一个闪身，在你凝视的目光中，从容飘远。

但也不是每段"他不爱你"都无法补救，比如学妹最后还是和学生会主席走到了一起。

但凭借的不是对"嘴硬心软"的执拗，也不是对"他很爱我，只是不说"的坚持，而是在他的眼光里，他认识到了自己的差距。

我大学毕业那年，学妹已经晋升成为副会长，换了新的发型，言谈举止也不再羞涩。

部门联谊的时候，学妹说："我之后就放弃喜欢他了，是他后来主动喜欢我的。"

单恋多美好，你拥有着随时可以退出的绝对主动权，一步一步以更漂亮的姿态向他靠近。等着有一天，他看你的目光，从头到脚都柔软。

和相恋八年的人分手是什么感觉

我的反射弧比较长，以至于分手那天晚上，还在KTV里唱"女人三十，告别天使"，觉得事不关己。

我既没有喝大酒，也没有拉着闺密痛哭流涕。反而是闺密喝昏头了，一直不懈地戳我的痛点："大梨，和相恋八年的人分手，你怎么一点反应都没有？"

后来的一切验证了，这并不是什么悲伤的负反应，纯粹就是脑子慢。

我们，是和平分手的。

——这是对外说的。

相恋八年，怎么可能是纯粹的和平分手？八年，该逾越的年龄差、地域界、家庭背景都跨过了，任凭哪个女孩子，都不会在一个不可能的对象上耗费八年时间。

其实，其中的原因，我们都清楚。我该感谢他在离开前的最后一次慈悲，诚实地向我坦白，他似乎对另一个女孩子有了感觉。

这中间感情的逐渐疏离，自己不是没有感觉到，只是那时懒得弥补，总觉得时间可以抵得过一切。

回想爱情的终末，我们好像只是在比赛谁先遇到更对的人，只是他比较幸运而已。

爱情并不是凭票取物，先到先得，它不遵循任何道理。后来者，也可能居上。爱情的制作时间，往往和保质期长短不成正比。

我和他认识在大二的社团巡礼上，他是我的第一个男朋友，是我到二十九岁唯一的男朋友。

我在二十一岁到二十九岁之间的几乎每个节日，都是和他一起度过的。

离开他之后的很长一段时间，我都不敢和朋友去逛大型商场。如果难以避免，就坐观光梯避开男装层。

我怕突然想买条领带，买件衬衫，脑子里滚滚而来的都是烂熟于心的他的尺码。

那段时间百无聊赖，习惯性地总想按他的号码。

从大二确定关系之后，如果出去玩，第一个想到的玩伴就是他，渐渐疏远了一些朋友，如今一时间拿着手机也不知道约谁。

大部分的时间，我半靠在沙发上玩手机，偶尔会看到些情感系的文章，谈着：分开以后你仍能得到更好的，你不够优秀才会害怕被抛弃……

如果我是二十岁出头的小姑娘，大概会被这些文字激励得雄心勃勃。可是，当日历翻过二十九岁生日那页，我开始慌张，像所有到了某个年龄的单身女青年。

八年前，我毫无阅历，毫无准备，一头栽进爱情里。

现在的我，仍旧毫无阅历，毫无准备，还多了年龄这道坎。

我承认，再次去考虑伴侣这件事情的我，犹如一张白纸。

在恋爱这门功课里，我曾经是先人一步的绩优生。当我自信满满地即将填完一张答卷时，答卷突然被老师收走，让我重答。

我不得不向所有的后进生取取经。

那段时间，我在社交网络上搜索了所有关于相亲的问题，其中包括"相亲时如何找到话题"，"相亲时间什么问题才能看出男方的素质"，等等。揣着一肚子靠谱或不靠谱的答案，开始了大龄单身女青年必经的相亲之路。

第一次相亲，听说对方条件不错，结果来的是个肥头大耳、牙龈萎缩发黄的男人。开口就问我什么大学毕业，听完我的回答，故作深思地反问："好像也不是什么很好的大学啊！"

后来他嫌弃我不知道某个冷门NBA球星的名字，嫌弃我连自动化是什么都不知道，到最后我甚至开始怀疑，他是不是早就已经在为不喜欢我找借口。

第一次相亲回来，我闷着被子号啕大哭。

哭的是，居然连这样的男人，都能对着我挑挑拣拣。

哭的时候想到闺密说"这时候死咬着他不放，以后他愧疚了会加倍对你好的"，瞬间又清醒过来。

他有什么好愧疚的？男未婚，女未嫁，本来就没有谁要对谁负责任这一说。

此外，就算最后得到了，这种因愧而生的爱，亦不能使我感到骄傲。

我有一瞬间觉得自己要是孤独终老，挺好。

和曾经相爱的人分开，无论多大年纪，都不该被人定义成失败者。太多的人不明白这个道理，对我指指点点，好像爱情长跑失败，就直接一跃成为失婚妇女。

和相恋八年的人分手，我多想祝他白头不偕老，却竟然记不得他一丁点儿的不好。

刘若英唱过一句："我为你付出的青春这么多年，换来了一句'谢谢你的成全'。"

我觉得是心里话，却唱不出口。不仅是不愿留下自怨自艾的小妇人形象，更像是不愿意承认：相恋八年，分手的时候，我只感动了自己。

和相恋八年的人分手，好像很遗憾，却不知道为什么遗憾，甚至觉得走到这一天是理所当然，逃无可逃的。

1.

　　周姑娘有个温柔的名字，认识她这么多年，我却从来没叫过。

　　这个不切实际的温柔名字，取自周妈。

　　周妈是个很温柔体贴的女人，但这体贴多是为了别人。

　　还记得中学的时候去周姑娘家里，周姑娘正在拆冰淇淋的外皮，周妈一把夺下冰淇淋，厉声呵斥："阿周，你再去拿一个，这个给你同学吃！"

　　我赶忙说："阿姨，我在生理期，这个不能吃。"

　　周妈说："阿周，那去把你的牛奶拿出来，给你同学热了吃。"

　　周姑娘�’嘴，一脸不高兴的样子，说：

总有一个人在等着读你的倔强

"我只有一包。"

周妈显然因为女儿的小气有些难为情："那也要给，你怎么这么不懂事啊！"说着抢下了周姑娘的牛奶，硬是塞在我手里。

在周妈看来，不把自己的东西让给别人，就是不懂事，不把自己的爱物与他人分享，就是自私。

2.

但周姑娘不一样。用周妈的话说，她犟——十头牛都拽不回来的那种犟。

周姑娘毕业后在医院里做了护士，被人"小护士""小护士"地叫着，多少委屈也都忍下来了。可有一天，还是忍不住动了手。

一个新来的医生给病人开了一味常规药，结果，病人有轻微的过敏反应，全身发痒。这本不是什么严重的事情，但小医生可能为了安抚病人的情绪，私下对病人说，可能是护理操作不规范导致的。这样一来，过失就全部算在了周姑娘头上。

没人替她说话，所有人都在劝她，算了算了，反正病人也没出事，认了又能怎么样？

她也懒得纠缠不清，自己出手，在医院长廊上把那医生结结实实地揍了一顿。

我被周妈授意来开解她，苦口婆心，谆谆告诫："何必呢？本来你没错，现在变成错上加错。"

"你说的都对，可是——解气！"周姑娘斜睨了我一眼，抢白了我的话，"谁都不站在我这边，但谁也阻止不了我为自己出手。"

——我说不清道理，可我知道自己没错。

她蒙着被子，哭得地动山摇也没人听见。

3.

指望这么个脾气从小坏到大的周姑娘转性，就像求着老虎不吃肉一样难——直到遇见了立施。

我对立施的第一印象，是长得特别儒气，戴上金丝边眼镜就可以演徐志摩。

我听周姑娘说起过，他是ICU病房的男护士。周姑娘在医院第一年轮转时，待过他们的科室。真正表白却是在今年的医院迎新年晚会上，这时候周姑娘已经在医院工作三年了。

立施就这么木讷地拖着，好几年都没说，拖到所有好朋友都急了，他还是一副不紧不慢的样子。

我和立施没有太多共同话题，凡是见面，聊的话题都是关于周姑娘的。

譬如，小时候，因为周姑娘比我略大些，一起玩耍时，长辈们便厉声交代她迁就我，我也成了习惯。有次周姑娘买了包干脆面，我当时在集干脆面里的卡片，就要抢来打开，被周姑娘狠狠咬了一口，自此，我再也不敢造次。

立施说："哟呵，没想到你看上去文静，也这么调皮。"

这偏心眼的姿态，看上去就像在说："你看吧，我早说了，肯定不是阿周的错。"

我忍不住回嘴："那你和她在一起这么久，难道没被她呲过？"

立施说："有是有的，可是大多数也是因为我有错在先。"

4.

去年年底，周家房子被强拆。开发商不同意原拆原搬，要求周姑娘一家按规定搬到市郊一处未开发的房产，而且靠路的一侧要留地修路，本来就不大的老宅子其中一半还不折算面积。

周阿姨坐在马路牙子上抹眼泪，说这是翻天了，真要搬到那鸟不拉屎的鬼地方，可就再也搬不回来了。

周姑娘二话没说，撸起袖子就往居委会跑，和开发商派来强拆的人打了个照面，一拳头砸得他一脸愕然。

等我匆匆赶到，现场已经是一片狼藉。周姑娘咧着嘴，用手揉着胸口的一片瘀青。按下去时瘀青看似消散了，一放手又反弹回来。

周姑娘叉着腿蹲在马路牙子上，随口骂了一句："老半天不消，你说老子窝不窝火！"

那时候，立施在旁边一边替她揉着腿，一边特孩子气地问："阿周，他打不过你吧？"

周姑娘两眉一竖，丹田气一提："嗯哪！"

5.

我是个对爱情相当迟钝的人。但我能确定，第一次强有力地感受到爱情，就是在立施说"我早说了，肯定不是阿周的错"的那一刻。

无条件的信任和帮扶才最像是爱情的模样。

《致青春》里，郑微说："其实爱一个人，应该像爱祖国、山川、河流……"

当时，我内心讪笑：这什么烂比喻，这二者根本不能相提并论。

后来才发现，人的情感其实是共通的。爱一个人，也就像爱壮丽河山，爱潺潺小溪。我们和爱人在一起，就像和山川河流的共存方式——不是与他捆绑在一起，而是接受他最自然的状态。

真正的爱情，尚且舍不得用一己之念去改变他，更舍不得用普世的道理去束缚他。

这个世界上好为人师的人甚多，可我们即便听懂了所有道理，也不能过好这一生。

而爱与陪伴，却能在山河岁月沉沙净土之后，成为一生一世最长情的告白。

每个人都有自我消化不掉的坏情绪。小时候，我们在外面贪玩，做错了事，会向家人倾诉，企图寻求庇护。成年后，我们就开始依赖伴侣，他与你分享所有美好的事情，更重要的是，承担你的不足，接纳你的缺点。

都说当爱情走到最后，就会变成亲情。最温暖的爱，不是他膂力惊人、才思敏捷，为你解决所有难题，而是他能读懂你的倔强，信任你的所作所为，满怀善意地揣测你的用意。

6.

后来，再见到周姑娘，言语之间，总觉得她已不那么乖张戾气。

我和周姑娘约去逛街，立施就开车来接我们。

我在后座，听着她对立施半开玩笑地抱怨着医院里发生的不快，声音轻柔可爱，立施在旁说："心情不好啊？那今晚我们去吃点好的，把这些不愉快都忘掉。"

那种感觉就是，有人给她在身下保护着，就可以尽力向高处爬，不必因为担心跌落而畏首畏尾。

以前，周妈总说："我们家阿周不懂事，我替她给您赔个不是。"

现在，立施总说："阿周是个好姑娘，她一定有她的理由。"

爱的交谈，没有对与不对，只有爱与不爱。

当世界不曾温柔待一个人，但人群中，终有一人会于人山人海里牵住你的手，将你置于心尖，视若生命。

我特别喜欢立施形容阿周的那句话：

"阿周如果有一丁点儿不好，那一定是别人先待她不好。"

——和你在一起之后，只要你说一句"他们误会我了"，我便再也不信别人。

这世界多好，有个人读懂你的倔强，永远站在你身边。

我和你聊结婚，你偏要和我谈爱情

1.

这已经是核桃和大象恋爱的第六个年头了。眼看着过年核桃的年龄就奔着三字头去了，家里催得也紧，核桃终于决定把结婚一事提上日程。年关将至，就算亲戚朋友问起来，也好有个准数。

这不问还好，一问，又像是触到了大象的雷区。

大象说："核桃，你还不信我吗？我俩结婚不就是时间上的事吗？"

大象说："核桃，我和你在一起这么多年了，我不跟你结婚和谁结婚去？"

核桃要是再追问个时间地点，大象大概又会像往常一样，拿出他的撒手锏："核桃啊，你以前从来不问这些问题的，你什么时候也变得这么俗气，和那些小家子气的女人一样？"

2.

这些话，核桃早已经听得耳朵起茧了。大象用同样的话哄了她好几次，她次次都信，也觉得大象总有一天会兑现。甚至大多数时候她还在自我反省，可能真的是自己催得太急，想法太俗气。又或许，大象可能还在为他们的婚姻筹备更好的物质基础，等待一个更好的时机。

可这回她在想，真的是自己的错吗？难道大象一点错都没有吗？

相恋之初，核桃大学刚毕业，确实说过还不想结婚之类的话。可是这么多年相处下来，大象也目睹着核桃的年龄和心路变化。

当年核桃还是个脸蛋儿红扑扑的职场新鲜人，还在穿学生街里二十五块一件的地摊货，大象送的情人节礼物还是毛绒玩具。而今，一切都已不同往日。

3.

核桃并非不想聊爱情。核桃有个学姐，在核桃还是学生的时候就参与过学姐组织的女子单身趴。人家就只谈爱情，谁要和她谈结婚她就和谁急。

可核桃不一样，她从不觉得一个人生活会比两个人更快乐。有一回，她听到张靓颖唱"过了某个路口你就会感到，彻夜陪你聊天的越来越少"，都忍不住打了个寒战。

核桃一想到这寂寞就不寒而栗，听到踢踢踏踏的高跟鞋声回响在整条寂静的长廊里就头皮发麻。她自问抵不住孤独，无论什么新思潮的冲击，都浇灭不了她的终极目标——"我就是要结婚啊！"

童话里，王子和公主轰轰烈烈过后还"举行了盛大的婚礼，从此幸福地生活在了一起"，我们这种凡人，打点想要结婚的小算盘怎么了？

别人是找不到托付终身的人，而自己明明已经找到，为什么不允许择巢安居呢？

4.

我自己一个人可以活得很精彩，我缺了谁都可以漂亮地活着，我视爱情重于一切，但这一切都不代表，你可以逃避婚姻的责任。

年龄对女人来说是易耗品。在永无止境的等待里浪费青春，非我所愿。如果你我的终点不同，那么就不要在路途上浪费彼此的时间，趁早说完再见，重新上路，互不耽误。

前段时间，核桃在网络上看到一句话：不以结婚为目的的恋爱不一定是耍流氓，但自己不想结婚却拖住一个想结婚的人，一定是耍流氓。

核桃不想让大象再对她"耍流氓"下去，这次她一定要一个正面的回答，"断舍离"和"在一起"，二者择其一，她摊开来给大象选择。

如果他还在不懈地转移话题，她就揪住他的衣领，痛骂一句："我在和你谈结婚，你为什么偏要和我聊爱情？"

『绿茶婊』和『傻白甜』之间，只差一个懂事的男人

1.

何欢遇到陈云朗的时候，二十三岁。那时陈云朗二十六岁。

他们第一次见面，是在十一长假前单位举办的集体KTV上。

何欢六月份才从学校毕业，刚蓄起齐肩长发，个子小小，爽朗活泼地霸着立式话筒，无论别人唱什么，都要跟上一句。

唯独陈云朗接过麦克风的时候，何欢停止了她孩子气的小捣蛋。他唱了一首何欢听不懂的闽南语歌。这个年长她三岁的男孩子，眼睛里有光。

酒过三巡，陈云朗牵着妻子过来例行公事地介绍。

"何欢，另一个项目组的同事。这是我妻

子，崔婷。"

可能是喝了些酒，崔婷的脸微微涨红。

何欢禁不住细细打量，莫名想要把这大众化的名字和这清秀的眉眼都狠狠记在心里。

不过，她终究不够聪明，脑容量小，记性差，要记的事儿又多，渐渐就遗忘殆尽了。

2.

再次遇到，是在几个月以后。单位内部重组，何欢和陈云朗被调到了同一个项目组。

自我介绍的时候，陈云朗对何欢说："我们在上次KTV的时候见过面了，你还记得吗？"

何欢心想："我记性又不坏，怎么可能不记得呢？"

项目组重组后的第一次出差，他们坐着动车从福州到厦门。

那是何欢第一次真正意义上的出差。大学时，何欢一路背着行李住了许多城市的青旅，出差却是新鲜难得的体验。

新鲜更在于，旁边的陈云朗一路上开着电脑，那噼里啪啦的键盘声竟让旅途多了些凹凸不平的质感。

陈云朗偶尔也会和何欢说说话，但也仅限于"要不要喝水"或者"我有饼干你吃不吃"。

3.

二十三岁的何欢还很迷恋饼干、薯片一类的东西，吃法也像个小孩子，恨不得学着广告里一样吃得嘎吱嘎吱响。陈云朗没有笑她，那噼里啪啦的键盘声从没停下，像是根本没注意过她。

她居然有些后悔，要是大学时谈过一场毕业就分手的恋爱就好了，就算是段失败的初恋经历，此时此刻面对陈云朗，她也不至于显得如此不谙世事。想着想着，倦了也就睡着了。

睡的时候，她明明记得自己昏昏沉沉地靠在了陈云朗肩上，可醒来的时候却靠在窗沿上。

与客户谈完事，陈云朗带何欢去吃沙茶面。绕了不太近的一段路，停在一家门面破落的小摊子前。

"啊，你就请我吃这个啊？"何欢有点失望。

陈云朗挑了挑她的头发："你以为什么才是美味？以前我和你嫂子来过这家店，不喜欢沙茶酱的她都觉得好。"

那时候何欢的头发已经垂到肩胛以下，带着他手心的温度，在厦门的海风里凌乱着。

"嫂子？"

"上次在KTV里见过的，崔婷。"

"我忘了。"何欢噘着嘴，一字一顿地说。

4.

这是何欢第一次到厦门。她不理智地拖了个粉嫩的小行李箱，里面装满了各种文艺风格的衣服。其中有一件仿民国服的短褂，袖口宽大，隐约露出半截背心式的胸衣。

何欢偏要选海风微凉的一日穿那件短褂。她借来了宾馆的熨斗，连着蕾丝胸衣一起熨平。心里有些期待陈云朗看到，却又有些难为情。

出门的时候，陈云朗瞥了一眼何欢说："小个子穿这个不大好看。你又不像崔婷，她长得高，脸也小。"

何欢不是个小气的姑娘，在朋友里也算开得起玩笑，这会儿心里却暗暗不快活。

出了客户公司，正对着就是珍珠湾。何欢要陈云朗帮着拍照，不知拍到第几张的时候，她下意识地伸了手臂。那时候陈云朗正把镜头对向她，瞥了一眼，放下手里的相机，对何欢做了个换姿势的手势。

何欢回到宾馆满心欢喜地翻照片时，却没有找到那一张。

5.

离开厦门那天，陈云朗提前敲开了何欢的门，把她的小行李箱和大包小包全都拎上。何欢两手空空地走在后面，乐得轻松。

她一边小步跳着，一边欢欣雀跃地问他："云朗，你平时也这样帮崔婷提包吗？"

那时陈云朗正把行李箱拎上台阶，他用力一提，因为不太重，手上的青筋一现即逝，像是没听见何欢的话。

何欢又重复了一遍。

"我才不会让崔婷来做这么辛苦的事。"陈云朗笑笑，见何欢有些沮丧，便拍拍她的肩膀，"小个子，等你以后有了男朋友，他也一样。"

那天晚上，何欢在日记里写下："我不爱他了。"

"爱"字用红笔划掉又写上，最后标上了重点号。

6.

很多年后的KTV里，她才知道那首歌叫什么名字。

她一直刻意地去忘记，陈云朗那天唱的是一首五月天的歌，歌词是"我真正真正想要对你说，心中无别人"。

虽然是闽南歌，但KTV里有显示歌词。

喜欢陈云朗，应该就是从那时候开始的，忽略他的眼神，连同这对爱人说的言语，都看成是对自己。

这是她迄今为止经历的最长时间的失忆。

现在的何欢，经过几番换组，和陈云朗的交情早已停留在社交网站的浅尝辄止。

某天集团开会时遇到，陈云朗说："小个子，你什么时候长这么大了？"

何欢知道陈云朗在说什么，也只有她知道他在说什么。

年轻的喜欢，除了驽钝未开的莽撞，就是自以为是的英勇。

那年二十三岁的何欢泪眼婆娑地在日记本里写下"我不爱他"，才是成长的开始。

7.

我认识何欢那年，她二十七岁，已经长发及腰，也遇到了为她绾青丝的另一半。回忆起这一段，她感慨良多。

"傻白甜"和"绿茶婊"之间，可能只差一个懂事的男人。她何其有幸，遇见的是陈云朗。可能再换一个人，就会纵容她不厌其烦穿着短裙左右穿行在他眼前。毕竟，那年的她还那么美好，给予他人那么多无法自控的遐想。

真正懂得爱的男人，是不会纵容任何错爱的开始，坐看一切变得难以收拾，再在结局金蝉脱壳，做个一脸无辜的局外人。

他该明白，应允或是静默，都会使她成为罪人。

她不知分寸地越界，笃定且莽撞。而他把着规尺，成为她情感世界里的第一个老师。

8.

哪有什么"恨不逢君未娶时",不过是少女的失智青春遇上了一个不懂事的男人。

一个懂事的男人应该告诉你的是:你值得更好的人爱,他也要去爱认定的人。

过了这么多年,何欢早已原谅了自己当时的天真。但谈起陈云朗,她依旧带着一脸毫无亵渎的深情向往。

她感慨着,他真是一个值得爱的人啊。

我突然觉得,这是对一个男人最大的褒奖。

那时候他一定知道这个傻姑娘来势汹汹的爱情。她也谢谢他,没有戳穿她的小把戏,才有了未来更好的她。

1.

认识陈狐狸的时候，我已经开始写小说了。她看完后，仰天长啸："酸死了，也不知道哪个杂志瞎了眼要你的稿子。"

陈狐狸就是这么个姑娘，没羞没臊地讨人喜欢。

夸起她的"英勇"事迹，作为发小的我可以大刀阔斧地聊上几个回合不带喘气的。

高中时，她买了辆"死飞"，卸掉刹车把儿的那种，一个人骑得飞快，在机车道上和凯迪拉克作对。

也是在高中的时候，她帮我追喜欢的学长，趁着早操时间到车棚里给人家的车轱辘放气，放学后带着我大摇大摆地过去声援。我羞得像是自己做了亏心事，始作俑者却脸不红心不跳，回来的路上还一直对我强调："我摸到你男神的手了！"

后来我干脆不叫她的名字，直接喊她"狐狸"。

那时候我们还没有遇见过真正的爱情，我以为一个面对生活如此大刀阔斧、狡黠聪明的姑娘，在爱情里也理应如此。

2.

后来，陈狐狸遇到石头，都被我们看作是理所当然的事。他们一动一静，彼此互补得更完整了几分。

他们的相识，主要也归功于陈狐狸自来熟的性格。若不是狐狸在一群不相熟的朋友中，出于好心地笼络着躲在角落里的石头，石头还不知道要闷骚到猴年马月。

狐狸经常带着石头去参加一些朋友的聚会，石头也慢慢地活络起来，人脉也渐渐广了。

记得后来某一天聚会上，狐狸没有来，反倒是石头来了。酒过三巡，言语之中，石头透露出了一点对狐狸的不满。

他说，狐狸这个姑娘，真的太不讲理了。

一问才知道，狐狸和石头吵架了。

原因是有天晚上他们一起出来吃饭，石头去点单的时候手机响了，狐狸接了手机，听见另一个女孩的声音。挂断电话后，又在通话记录里看到了连续好几条的通话记录，回来就旁敲侧击地问石头那个女孩是谁。可能方法不太高明，一下就被石头发现了。

石头半开玩笑地问："你怀疑我？"

狐狸说："我就是怀疑你怎么了？我早就觉得，你没有刚认识的时候那么喜欢我了。"

然后她细数起石头最近的种种细微的变化，比如过马路的时候不会把她护着走靠近人行道的一侧，出门不会主动帮她拎包，每天聊工作的时候都要把门虚掩着。

石头这才知道狐狸有这么多猜忌，觉得自己遭受了莫大的不信任，就冲她大吼："陈狐狸，你原来不是这样小肚鸡肠的人啊！"

两人吵得不可开交，最后狐狸一怒，摔门而走。

3.

毕竟是自己的亲闺密，我忍不住替狐狸还了几句嘴："狐狸是把你当成自家人，才会毫无顾忌地对你说话，你不能哄哄她吗？"

石头喝了口闷酒，憋着一股气回我："我从没见过她和谁这样说话，她就是针对我！"

我突然心生凄凉，继而觉得，这段爱情可能走不远了。

当一个男生已经用"针对"两个字来形容自己的另一半，或许就已经是隔阂的开端。

石头不能接受女人无理由猜忌这种愚蠢的行为，在他心中，狐狸不应该是会翻旧账的笨女人。

所有人眼里的狐狸都是这样的：一个八面玲珑的社交家，一个和气不生事端的聪明姑娘。

然而，爱情对于女孩，很多时候是"第二面"的表达。

爱人之间或多或少都存在着某种"针对"，这是对爱情不理智的表达。石头不能理解的"针对"，是狐狸在爱情里的"第二面"。

我们都自以为能在爱情里做到完美，于是处心积虑地跟随网络上的那些爱情导师步步践行。可我们必须要接受这样的事实：任何人在爱情里都是不完美的。

狐狸并不是真正的狐狸，她在爱情中的那根弦，是脆弱的。石头是个粗线条男，他期待的是一个在爱情中不过度敏感、表里如一的女孩。而狐狸，和石头的期待值是有差异的。

要么，一方退步，学着理解对方的"第二面"；要么，换一个更适合的人。

最终狐狸和石头还是分手了。

分手的那天，狐狸扒着石头的衣角，拼了命地不肯走，比任何时候都倔强。我死命攥她："狐狸，咱别这么没出息成不成？"

石头却很从容地说："喂，狐狸，你戏演过头了啊。"

狐狸爱了他这么久，到头来换来一句"你戏演过头了"，梦醒时分，两手空空。

石头到分手那天，还在喃喃自语："那个成熟的狐狸，怎么变得蛮不讲理了呢？"

4.

其实除了有工作需要的作者，几乎没有一个人会想把真正的感性掏出来给陌生人看。而亲近的人，往往成为这种敏感体质的受害者。

这些年我遇见的大多数被男孩看作"好哥们儿"或是"女汉子"的，都是些感性的姑娘。因为早早就随着成长领悟了敏感带来的伤害，于人前，她们小心翼翼地隐蔽着。

你喜欢我的感性，觉得神秘而难以捉摸，却又不喜欢因此而受到伤害。世上哪有这样两全其美的事呢？

很久以后，我才加了石头新女友的微信，那个在石头的形容里很有教养的姑娘，在朋友圈里每天发完自拍，还加上不知道从哪里抄来的心灵鸡汤。

大剌剌的男孩就是这么好骗，他永远不会花时间去研究女孩的心思，更懒得去拆解女孩的包装。

他要她感性，却要的是一种懂事、听话且无害的感性。

我又忍不住想起狐狸的朋友圈里，专门给他设下了一个分组。

"又是一个没劲的星期天啊！"

她把所有的坏情绪也毫无保留地给了他，他却只愿爱她的好。

好姑娘，愿你遇到一个人，读懂你的全部，也爱你的全部。

如果那样活得辛苦，我宁可不做狐狸，做一只假白兔。

1.

小孙阿姨经常来家里玩，有时候随口说些在我看来高深莫测的爱情理念。

我妈总说："你别听小孙阿姨给你灌输的那些有的没的。"但小孙阿姨说的有些话还是让我记忆犹新。

比如，某一次她郑重其事地对我说："千万要爱一个有点野心的人啊！"

小孙阿姨年轻那会儿是个美人，那时候少部分有远见的人开始抓住机会选择下海经商，其中有些拿着从香港买的金表向她求爱。小孙阿姨觉得他们"太浮躁""太飘"，总有一天会因为野心太大而栽跟头。

小孙阿姨的前夫大学毕业之后直接进了

当地的一家中型国企工作，算是当时的铁饭碗。"香港的金表"比不上"铁饭碗"的诱惑力，小孙阿姨最终嫁给了"铁饭碗"。

原以为前夫是个老实巴交的人。刚开始也的确如此，他没有野心，不关心周遭的现实已经怎样大步流星地向前迈去，只想着每天把办公室的座椅坐穿，拿着固定的劳务费，偶尔喝茶会友，不亦乐乎。

事业上不争强好胜不要紧，在爱情中他也不与人攀比。无论你说什么，他总是"我自岿然不动"，保持着一种让你咬着牙恨铁不成钢的姿态。

如果你忍不住跟他说，同公司的女同事周末都一家出游。他就回应："你不觉得在家里已经很好了吗？"

如果你忍不住跟他说："你最近都不怎么和我聊天？"

他就回应："那你怎么不去做别人的妻子？"

在他眼里，没有"别人的活法"，一旦你谈及改善生活的话题，他言语间就带了点淡淡的醋酸味，一种"你跟了我，就活该要过这种寡淡无趣、无病万事安的日子"的意思。

他搞不清"平淡简单"和"了无生趣"之间的微妙差别。有野心的人拥有爱情之后，还会慢慢揣摩着提高爱情的质量，而他却只把爱情等同于一日三餐。

2.

后来我慢慢认同小孙阿姨的理论，是因为大学的同窗祝玥。

祝玥是我们学校的一枝花，大学时还是兼职的模特儿。因为她长得太好看了，好看到身边蜂蝶飞舞，热闹非凡。

大概祝玥的童年里，也有一个爱讲道理的小孙阿姨给她说了一套截然不同的理论，告诉她女孩子无论相貌如何出众，身材如何高挑，都必须要托付给一个五短三粗、浑不吝的小伙子。

学生时代，大家不止一次地谈着理想中英俊阳光的白马王子。而她谈起自己的择偶标准，却都离不开"老实、稳重、成熟"三个词。

藤萝终要托付乔木，乔木不好找，灌木也得凑合着。

祝玥毕业后，有份还不错的工作，周末还继续兼职做走秀模特，一场秀下来能有三千元的收入。无论是工作环境还是自身资质，都决定她能找一个更好的男孩，她却找了一个工资一般、相貌平平的男孩。

刚开始他们相处融洽，男孩视她如女神，呵护有加。

矛盾发生得也很突然。祝玥想买一部最新的电动平衡车，她算了一下，走一场秀的工资就够了。于是她在那个周末多给自己安排了一场秀，当天晚上就下单了。

这件事被她的男朋友知道后，他就旁敲侧击地提醒她："普通的自行车不行吗？走几步还能锻炼身体呢！"

然后他就开始劝慰她过平凡普通一点的生活，不要总是想着什么都要最好的，开始给她洗脑，说粗茶淡饭的日子才是生活永恒的真理。

"我没有想要追求特别高级的生活，但你总要允许我靠自己的努力改善自己的生活。"

如果生活都只能一成不变才能继续，那日子该过成多乏味的样子啊。

之后的日子更让她觉得寒心，她发现男朋友虽然看似喜欢这种平平淡淡的日子，但言语中却透露出一种对平淡生活的不满。

他不仅看不惯别人过好的日子，也把自己在过平凡的日子的原因归结于"别人的资源胜过自己"，"别人的起点高"，"别人有贵人相助"。

他把所有自己到达不了的生活都归结成"不应该存在的生活"，就像一个连酸葡萄都吃不到的狐狸，却要看着别人的葡萄熟，而只能数落它们太"酸"。

她的男朋友就职于一家文化公司，虽然原先是个国企，但已经有些没落，算是夕阳行业。

因为行业交叉，他也会接触到很多新媒体的公司。看见别人的APP上架后获得各大媒体的好评，他就评论别人："他们公司都做一些博眼球、没下限的事，不像我们，我们是为了理想而奋斗的。"

看见别人做出了很好的营销方案，他就说："现在这个世界就是这么庸俗，这种风气都是被你们这些女人带起来的，每天喊这个老公那个老公的，能不能关注一点有深度的东西？"

凡是好的、成功的、优秀的东西，他从来没有理性地分析过对方的成功是缘于什么，而是以"没底线""没理想""没深度"否决了。

平庸不是一种失败，但容易被人用作成功的挡箭牌。最怕他把自己的平庸全部归因于"有艺术理想"，"视金钱如粪土"，而你却要甘心为他满腹菜根，"斤斤"计较。

3.

战遍沙场擅躲藏，久经世故最天真。

不是老实就安稳，也不是听话就长久。

有些男人对待爱情就像女人面对淘宝上的九块九特价包邮一样，买了就嫌多余，不买又觉得可惜。他们之所以选择一种稳稳当当的生活方式，是因为轰轰烈烈不起来。

最怕的是你高攀不起，却安慰自己平平淡淡才是真。

遇到心爱的人，有点野心的人可能第一个念头是想要靠自己的力量去抢夺，无论是"暖男"，还是"霸道总裁"，总之是设下了套路，费尽了心意。

千辛万苦追来的猎物和自投罗网的猎物，哪个吃起来味道好，想一想都知道。

极大的野心固然会毁灭一个人，但完全没有野心或许只是失败者的一种自我保护姿态。

有些人的平庸是自我选择的。他选择的平庸是一种高质量的、有的放矢的生活状态。而有些人的"没有野心"的背后，则是根本缺少撑得起成功的能力。

保持着关于生活不灭的野心，在生活的夹缝里。

。

第四章

GIRL

you have the right
to live a decent life

用最大的
勇气成为
最好的自己

爸爸，你太没出息了！

1.

我不知道你们是在多大年纪时知道自己的父亲不是英雄的。

我是在十七八岁的时候。在此之前，我的父亲是名中学老师，在我眼里像是能执掌生杀大权的人。

到了我上初中的时候，他不仅是隔壁班的班主任，还是我们学校的教导主任。

每次放学后，他从办公室的小黑屋里走出来，拿着一只鼻烟壶，鼻子重重一吸，一脸享受。

同学就用肘子捅了我一下："喂，陈辰，你爸爸。"

然后他们就羞怯地避开——这种得意的感觉，就像是一个人人心目中英勇夺目的大英雄，在你身边就像一只小绵羊。

这种充满占有欲的感情，让我对父亲充满崇拜之情。

后来班上传出风言风语，说陈辰一定是因为他爸爸的关系，才上了优等班。

我非但没觉得难过，还在心里偷笑，心想："那又怎么样？我就是有这样的爸爸，你都没有！"

但我也有不太明白的时候。

小时候的我很调皮，和其他小孩儿干架都是常事。小孩干架，双双挂彩。我爸到教室里，点头哈腰地给人道歉。

我不服气，为什么总是我的爸爸在道歉？

我赌气，嘴巴噘得可以挂住一把壶。回到家里，我爸也"识相"，赶紧做了一盘香喷喷的红烧里脊哄好了我。

"你知道我们为什么要让？"

"为什么？"

"谦让是美德。你让了同学，下次他会念你的好，也会让着你的。"

那时我觉得父亲的话就像圣人之语。长大了我才知道，那是没用，是天大的没用。

2.

上小学的时候，他说："爸爸最大的愿望就是你能好好念书。"

小学毕业升中学的时候，他说："爸爸最大的愿望就是你能好好念书。"

好容易等到中学毕业，如他所愿考上了大学，他依然老生常谈地叮嘱："爸爸最大的愿望就是你能好好念书。"

父亲重视学习，却一直不得法门。唯一的方法就是鞭策我努力。

高考之前，我同桌的父亲给他弄了一个投资移民。在我爸看来"一点儿也不重视儿子学习的、戴着两天金链子就装老板"的同桌父亲，直接就用钱给儿子砸出了一个无比光明的未来。

我爸知道后严肃地说，这怎么行，要被查出问题的。

结果，同桌不仅名正言顺地"移民"了，还用接近二本线的成绩上了重点大学。

我也真的很努力地在考。

高考前，我爸不允许我喝咖啡，说是对身体不好，可他又让我努力学习——又要马儿跑，又要马儿不吃草。实在困得不行的时候，我就撕一包速溶咖啡干啃。

我以一个还不错的成绩去了一个还不错的学校。专业的选择听从了父亲的意见，他说："选金融做什么，都是泡沫，女孩子就该踏踏实实地选师范。"

聚会的时候发现，原本吊儿郎当的同桌突然也开始勤勉奋进，一骑绝尘而去。

酒酣之后，他解释过自己的努力："我爸说，只要我能考到一所还不错的学校，大二就能申请去国外，回来就去接管他的生意。"

那时，我特别沮丧地想着："比你有背景的人都在努力，你努力还有什么用？"

我的父亲要是也给我准备了一个触手可及的未来，我也会比现在更努力。

3.

大学毕业后，父亲把我弄进他的单位，一个三线城市的地方中学。

父亲说："你要珍惜这样的机会啊。在我们这一辈，稳定的工作多难得。"

这算是什么机会？一个在体制内战战兢兢的工作？

报到那天，全市的老师去参加一个类似于规培的培训。我爸兴致高昂地要带着我去，说他认识规培的老师，是他的一个"铁哥们儿"。他要亲自把我带去，亲口叮嘱他的"铁哥们儿"照顾我。

等他满面红光地走到演讲台前，拽着我的手，对台上的人说："郑局！嘿！郑局！这是我的闺女儿……"

那人正准备着材料，被他问烦了，回了一句："你是谁？"

父亲一怔，使劲地想让对方想起自己。

"上次广州开会，我们那时候聊过了，还在天桥那儿喝过酒……"

父亲又一拍脑袋："对了，你那时候说我名字就和'陈世美'差一个字，我就是那个'陈世美'啊！"

他手脚并用，脸因为过度焦急而涨得通红，在领导面前像是一只哈巴狗。

我的脸红到脖子根。一点都不想承认，这个像跳梁小丑的人是我的父亲——是我曾经视作英雄的父亲。

第二年，我就离开了学校。我知道我一定要走出父亲的视线，否则我就会拥有一个一眼就能望到底的人生。

我换了一个更加自由的高薪职业，可是不太稳定，项目告急时需要通宵赶工。于是，我就顺势在外租了个小屋子。

每次回家，父亲还要旁敲侧击地提起："我们学校又来了个新老师，和你年纪一般大。你要是还在的话，现在也可以评职称了。"

我会毫不留情地呛他："可我现在赚的是以前的四倍。"

我想证明他是错的。

——我就是故意要告诉他，如果我躲在他失败的庇护下，是会长成一个和他一样差劲的人。

——我就是故意要告诉他，他失败的人生是他自己造成的，他没有资格指点我的人生。

4.

年初的时候，我知道母亲去了广场相亲会，花了十块钱把我的名字写在了登记册上，又花了五块钱买了五个男方电话号码让我打。

这种简单粗糙低质量的婚姻贩卖，让我挺难过。

晚上父亲推门进来，看见我哭肿的眼睛，就帮着我数落母亲。

"我姑娘怎么可能嫁不出去？我姑娘这么好看，脸哭花了都是好看的。"

"我同事的小孩都说，你家囡囡眼光高，我们攀不上。"

我听完更生气："你不要什么阿猫阿狗都给我介绍！"

"可是我想嫁个有钱人。"

"你别想什么有钱人，你哪一点配得上有钱人？"

"我才不要找个像你一样的男人！"

父亲怔住了，大概是从没想过自己在女儿的眼里是这样的形象。

等父亲悻悻地走出门，我才意识到我说了多么不该说的话。我听到门外母亲在跟父亲说："她怎么这样跟你说话？"

我好像突然醒悟过来。

我听见他说："也好也好。我的姑娘看不上我这老头子，真好真好。"

他一直说着，"真好真好"。

"真好真好。"

《疯狂动物城》里的朱迪的父母，罔顾她想要做兔子警察的梦想，总想着让她回到乡下种萝卜。

而当朱迪工作失误导致大众对食肉动物的错误认识，她的父母却身体力行地支持她。

为了女儿，他们与食肉动物们合作，企图扭转错误的舆论导向。

而我父亲也一样。

他经历的年代让他以为，"无病无灾到公卿"就是全天下最好的日子。所以，他把自己认为最好的，都给了我。

5.

六月份，我带父亲去了一趟北京。

我父亲是个文艺青年，他和文艺青年最像的就是"穷"。

小时候，我以为他哪里都去过，直到有一次，听到我妈特别兴奋地说，她的蜜月旅行去了广州，看了五羊。

我问："然后呢？"

"然后就回来了啊。"

我妈说。

在北京的日子，早上四点半，我爸要去看升旗。

路过天安门的时候，我爸说："哎呀，你看，毛主席！"

我站在我走过几十次的天安门广场，附和着他："是啊是啊，毛主席。"

六月底的北京，烈日灼心。

我要给他租个电子导游，他不要，说我小瞧了他，还偏要自己给我讲。

在去大观园的路上，他给我讲芦雪庭小聚，讲十二钗的判词，讲"二木头"是怎么嫁给了"中山狼"，讲"金玉良缘"如何不复存在。

就像回到了小时候，我爸拉着我，细细地讲着展牌上的释义。那时候，我以为凡是父亲说的都是对的。

而今，我依然无法反驳他，他对历史知道得通透。我懂的比他多，其实是他反刍之后再喂到我嘴边的结果。

我静静地看着他的背影——此刻他的背影，就像童年去少年宫的时候，我坐在自行车的后座，闻着他白色汗衫上略浓重的汗味。

我知道他，好像已经融到了我的血液和骨子里。

要不然，他怎么是我的父亲，而我怎么是他的女儿呢？

我引以为傲的父亲，他终于赶不上我了。他已垂垂老矣。

我爸养了一条狗，名字也贱得很，叫嘟嘟。嘟嘟还挺知道事儿，一只长相凶狠的狗，被取了这么个听起来俗气得不行的名字，吃着那么磕碜的狗粮长大，依然热情地对着我爸摇尾巴。

人不如狗，人不如狗，人不如狗。

我知道世界上有太多的父亲都是孤独的斗士，他们活得苍凉而坚强，妄想着把脱轨的世界扳回原来的样子。

他做不了我的英雄，但他始终是我的父亲。

我花了十几年时间，终于完成了对父亲的和解。

1.

在一次旅行的过程中，我遇到一个女人，四十五岁。

她说，她之所以把年龄记得这么精确，是因为在四十三岁到四十五岁之间，发生了太多事。

日子太难过了，被突如其来的苦难塞得满满当当，一日如三秋。

当她还是个小女孩的时候，老人家说，嫁汉嫁汉，穿衣吃饭。她就这样懵懵懂懂地被人哄上了花轿。

人家说，好多白头偕老都是稀里糊涂地开始的。可是很不幸，她要白头偕老的那个人，不太好。

结婚后，那个男人耽于打牌，输了钱就把

没有一个转折，会彻底毁掉你的人生

家里翻个底朝天。而且喝醉了酒，操起酒瓶子就往她头上砸。她一直安慰自己，人生也就这样了，忍一忍就过了吧！

四十三岁那年，他们的独生儿子因车祸离世。祸不单行，这件事也成了压塌他们夫妻感情的最后一根稻草。本来就貌合神离的夫妻走到了婚姻的尽头。

那个男人给她分了共同财产里的半套房，她把自己的那一半卖了，独自踏上旅行的路。四十五岁的女人和我们一起住在条件不太好的胶囊宾馆里，半夜里趴在床栏上"夜聊"。

对于四十五岁开始旅行，她说：

"因为太想要重新开始自己的人生。"

而她确实这样做了。她和我们一起摆弄三脚架，学用自拍杆，一起摆各种各样的怪表情拍照。那时候开始流行"对嘴"视频，她也学着录起来，吹胡子瞪眼，把金星那句"橙汁儿"学得惟妙惟肖。

我们一起去体验最人的室内乐园，她玩得像个小孩子，高举着人偶棉花糖，满脸都是糖渣。

她说，这都是以前想都不敢想的事情啊。感觉活了半辈子，终于捡起了自己的人生。

后来，我们分开。在微信上，我不时还能看到她的最新动态。最近的一条，是她有了新的丈夫。

决心放下以前的生活，才会有未来的人生。

将垃圾一样的人生翻盘，才是最有意思的事儿啊！

2.

我不喜欢六月，是从多年前的一个六月开始的。

自从高考过后，每个六月都能勾起我不太好的回忆。

我的人生在高考之前都算得上顺遂，拿了很多奖，还考上了全省重点高中。是性格特别好、活泼又可爱的"别人家的孩子"。

这里请允许我适当地自夸。因为俗话说，飞得越高，摔下来就越惨。

我是充满信心地走进考场的，在考试之前甚至没有做过一次模拟考卷。

我没有规划时间，就按着自己平时的手感做题。在临交卷的时候我才发现，在背面选题的地方，还是一片空白，我紧赶慢赶，终于在最后时间内完成，我大舒一口气。

铃声打响，全场停笔，收卷老师从我手上收过试卷的那一刹那，我突然发现自己没有填上选答题的题号。我尝试着拖延交考卷，但是无果。我眼睁睁看着自己没有答完的卷子被监考老师收走。

由于是自己的错误，我没有什么可以辩驳的。

回来的路上，我在车里使劲儿憋着眼泪。一回到家，所有的情绪都忍不住了，我从踏进社区大门那一刻开始哭，到家里直奔进厕所，吐得一塌糊涂，吓得我妈手足无措地呆立在旁边，不停地问："没事吧，没事吧？"

我还记得那顿饭，我妈煮了油焖大虾。个头儿奇大无比，可我一筷子都没动。

下午还要考一门英语，我调整好情绪坐进考场。考试时我边做，眼泪边往下掉。

那天晚上，我没有什么过激的反应，该吃饭就吃饭，该去庆祝就去庆祝。

在KTV里，我跟所有人说我这次考试失常了。在五颜六色的频闪灯下，大家都涨红着脸嘻嘻哈哈地说：大家出了考场都这么说！

我不想去分辨真假。那一刹那，想着这个世界全是没日没夜欢笑的人们，只觉得自己格外凄凉。

我真正开始惶恐是在几个月后，因为我意识到，它好像真的改变了我的整个人生。

很多人开始因为它而全盘否定你。从前夸你聪明，现在说是"只会耍小聪明"；从前夸你多才多艺，现在说那是"不务正业"；从前夸你思维活跃，现在说这是"不够专心"。

在很多人眼里，因为转折点太重要了，所以，只要你在转折点时失败了，你的所有都是失败的——

因为你的婚姻失败，所以你一定一无是处。

因为你高考失利，所以你一定一无是处。

因为你的工作面试失败，所以你一定一无是处。

你也开始因为一次失常，而逐渐承认自己永远低人一等。

我去了一所一般的大学，也因此有了一个看起来前途未卜的一般的未来。

我原来幻想过的未来，像是永远离我而去了一样。周遭的一切，时刻提醒着我：好马配好鞍，而你这匹小骡子，怎么配得上草原？

那段时间，我是真的以为自己的未来，就这样黯淡无光了。

现在想起那段时光，我觉得真是可笑。那时候以为特别重要的能改变一生的转折，在今天看来，也不过就是"条条大路通罗马"中，用来试错的那一条路。

3.

包括后来写到这段经历都有读者说，本来就是你的错啊。是啊，很多时候正是因为内心默认了是自己的错，才没法好好面对。

遗憾的是，有些错误从来就没有给我们改正的机会。

在一场考试前，你课下努力听讲，考场上奋笔疾书，出来的成绩却比之前降了两分，你就觉得人生无望。有人连书都没翻，考试成绩从三十分降到零分仍处变不惊。

正因为认真生活了，被伤害才格外疼痛。

可是，既然是这么念念不忘的认真，一定会有回响啊！

人们总是提纲挈领地总结：高考是一次重生，婚姻也是一次重生。当然，它们确实让很多人改写了命运，从此飞黄腾达，人生百味，只甜不涩。

可是因为没有抓住最大的改变机会就放弃人生，怎么有机会发现生命中更多细碎的机会？

太宰治在《人间失格》里写过一句话，大意是：我本想在这个冬日就去死的，可最近拿到一套鼠灰色细条纹的麻质和服，是适合夏天穿的，所以我还是先活到夏天吧。

那些全军覆没的孤独时刻，是专属于成长的时间。没有再保持姿态往下走，又怎么知道这个失败的转折之后接着又会有多少个转折，能把你的人生复位，或者让你的人生过得更好？

没有一个转折可以完全毁掉你的人生。

你看，等你走过了难熬的十八岁，还会有同样甚至更难熬的二十八岁、三十八岁。

这是人生的第一个转折，大惊小怪也是正常的。

如王小波所说，要强忍着绝望活在世上，等到有一日熬过，就会发现不过如此。而敢揭开的伤疤，早已经不是伤疤了。

我把当年高考完写的一条微博送给你：

告诉自己，一定要过得很好很好。在若干年后的某个六月，面对某个惨遭落榜而痛哭失声的小孩子，就像面对今时今日的我一样，搂搂她的肩说：丫头，有什么好哭的？喏，当年我也一样这么哭过，可是你看，我现在过得比谁都好。然后看她的眼睛里闪出灼灼的光亮。

我现在真想告诉你，没有一个转折会彻底毁掉你的人生，婚姻是，考试是，机会亦是。失败的转折，提醒着你用力地反思自己曾经的过错。那些因为错过一个机会而懊恼不已的人，如果把当初的机会给他，他也不一定有把握把人生过好。

没有一个转折是能毁掉整个人生的。

只要活着。

每个人都要和自己告别一次

韩宝仪有首歌，轻轻唱着："风依旧，吹遍黄粱，留不住斜阳……"

这首歌很老了，老到我已经不能想象唱着"夏天夏天悄悄过去，留下小秘密"的小姑娘，一转眼已经步入暮年，一脸皱纹都写着春秋。

韩宝仪出道的时候很小，放在现在还是童星的年龄。第一张专辑叫"乌溜溜的眼睛"，在香港也被叫作"十七十八少年时"。恰好的名字，也正应了那恰好的花样年华。

韩宝仪的歌最大的特点就是欢快、甜美、柔情，略带忧伤却不深刻，如食软糯。很多老情歌，都像少年时求之不得的心头朱砂，由她一唱，却成了邻家娇嗔的小妹儿。不如别人的大起大落，却自有它的闪烁灵动。

这世上何止斜阳难留。啼血夕照可曾留住？暮色四合可曾留住？就连月上东墙，也不曾因它垂老将逝而多留些时间。

一日四时，一年四季。云卷云舒大手一挥，又随手拈去了些峥嵘岁月。

连这少女的声音，都已经成了很久以前的事情了。

昨天看了徐乃麟、俞小凡二十五年后的重聚场面。徐乃麟说，到了这个年纪回头一看，很多经历过的事情就像做过的一场场梦。

"到底是真是假，是不是真的经历过二十五年前的那一段呢？"

不知道为什么，我突然能够理解这个已到不惑之年的男人的感慨。

渐渐开始懂得，人是一种多么善忘，又是多么容易习惯的动物。

离开生活原来的轨迹，起初很痛苦，但熬一熬也就忘记了。

只要是你没有去延续的生活，最后都会成就一个停留在那时候陌生的你，成为一场梦。

南笙和我是十几年的朋友了。

不是那个因为一组写真而红遍网络的南笙，是另一个写了很多小说，却仍无人认识的姑娘。

我们相识的时候，我十岁，南笙十四岁。那时候微信、微博还没流行起来，想要写作只有一个途径，就是通过一些网站。

我们结识在一个文学网站，这个网站现在还在，只是一改容颜，清冷寂静。

十岁的我写的自然是些词不达意的糟糕文章，而她却文笔很好，笔下生花。

写作文的时候，我常常在她的文章里拣几句来抄，搞得自己的文章甚是好笑。

我常去向她请教，而她总是不厌其烦地给我指点。就这样，隔着屏幕两端竟也培养起了姐妹般的情感。

"上中学是怎样的事情呢？"我问。

"嗯？挺累的，有做不完的功课。"

"那你还有时间写作吗？"

"用挤出来的时间写，等家里人都睡着后偷偷写。"

"我觉得写作是件很好的事情呢。"

"我也觉得。"

我上高中那年，南笙从网络上消失了。

一个作者，突然不写东西了，就连以前天天打卡的写作帖都不更新了，就像从异次元大门进入了另一个世界。

我不知道在她身上发生了什么，也不知道在写作的路上前赴后继的人有多少。我也不知道有多少人突然火了，又有多少人却在中途熄了火。

那时，阅历尚浅的我，无论如何都不能相信一个如此热爱写作的女孩就这样彻底放弃了写作。

后来，我才发现，比起一成不变的人生，与过去的自己告别才更像是生活的常态。

后来，逐渐长大。

偶然间在抽屉里拔出一封信，是十四岁跑去追星没要到签名，姐姐们写给我的"没关系，等你考上大学就会有很多机会"。

也在犄角旮旯里找到过小学时画的各种古装少女，以及学画画的时候的各种样图，还有做模特给全班同学写生的画像。各种歪歪扭扭的画痕里，我扎着两个小辫子，穿着画着小猫的短袖衫。

有些人就是擅长给自己留下很多记忆，存放在大脑里无法收场。

看过去的自己像个陌生人，这种感觉大概是因为那些事情你已不会再去做了，或者就算做起来也不能像当初美好的样子了——即使它曾经如此熟悉，占据了你生活的全部。

想起有一期《康熙来了》，请的是早期言情剧艺人。蔡康永让赵永馨表演一下琼瑶式的旋转，这个当年长着乌溜溜的眼睛的"小可爱"，淡淡地说着"我长胖了，你抱不动"。

似乎男人到耄耋之年还愿意提起当年"左牵黄，右擎苍"的英雄往事，但女人似乎更自知，并因而卑怯。

慢慢能够理解，为什么进剧组的时候经纪人姐姐会交代我们，不要对着老艺人说"我看过你演的××角色，好经典"这类看似赞美的话。

有天和老艺人合影时，我还是情不自禁地说出"我很喜欢你的戏"，结果被玩笑地反呛了一句"是你喜欢还是你妈妈喜欢"。

从此，再也不敢说了。

——你在夸的那个人，于我，也是陌生人。她有着和我不同的面貌，做着我做不到的事情。

前段时间，我突然用一个十年前用的账号，登录了这个早就杳无人烟的文学论坛。突然就看到了南笙的私信。她给我留了个联系方式，说，好久不见。

言语间知道，她结了婚，生了孩子。文笔依旧，却不是当年愤世嫉俗的味道。她发来一张照片，全家福里搂着孩子的母亲，早已不是年轻时的模样。

她踏入了曾经看不惯的世俗里。我还在岸上，却也总有一天要踏下去。

我们年轻的时候都说自己要做英雄，却后来大多成为平凡世界里碌碌无为的"鼠辈"。按照既定的轨迹念小学、读中学、上大学，供房贷、攒嫁妆、养孩子，生活、成长、死去。

我打包票，你有一天一定会遇到陌生的你，只是时候未到。

因为未来还有很多需要放弃和改变的时刻。

你放弃了一个爱人，人生就把一个你留给了他。

你放弃了一份工作，人生就留下了一个你挑灯夜战。

当你不爱了，不会了，再去回想当时的自己，这大概就是古语说的"恍若隔世"吧。

重逢的那天，我问南笙："如果再让你选一遍，写作与家庭，你选谁？"

我隔着屏幕，远观着她的沉默。隔了很久，她终于打出一行字："以我现在的情况，应该会选妹仔。"

那是她称呼自己女儿的方式，她叫女儿"妹仔"。

然后她意味深长地重复了一句："我说，是以我现在的情况……"

——是这个站在身边的经历了婚姻、拥有了家庭的成熟女性，而不是十多年前的南笙。

十六岁的南笙已经那样陌生，连那一副"看谁谁也不顺眼"的模样也模糊去了。

就算选择了梦想，也没有机会重来。

没关系，我不觉得可惜，也不会为此停止努力。

我未来会有我的"妹仔"，可我现在还有我的梦想。我知道我总会与这个自己告别，我知道她可能会在某天突然停止成长，但在此之前，她会好好长大。

谢谢在每个阶段停止成长的那个自己。

时光的火车开走，她被搁下，光着小脚站在轨道两旁，等待着某一个契机我想起她，回来听她兜里的一箩筐故事，然后拍拍她的头，衷心地说着"谢谢啦"。

其实我心里知道，她一直注视着我去到了哪儿。

1.

朋友S是个精力旺盛的人，他的朋友圈里几乎没有单人照，每天都是与不同的密友的自拍照。S确实像是生来就具有调动气氛的天赋，无论是一起唱歌还是聚餐，他总能迅速暖场，中途还能救冷场于无形。

前段时间，福州办青运会。他去做了志愿者，认识了一帮新朋友，穿着小青果的衣服在赛场边上蹦下跳。

在这个并不能算是一线的城市，凡是有大型活动必活跃着S的身影。他的朋友圈已经俨然成为某个都市报的活动版块，实时播报着这个城市的各种动态。

每每将他的朋友圈一一扫过，我都会产生一种"不配和他同在一个城市"的自惭形愧感。

2.

朋友L截然不同。L少言寡语，不爱热闹，不议是非，平日里一副形单影只的孤独模样。上学的时候，人人都在竞争班长、团支书过过"官瘾"，唯独他挑了个劳动委员的苦差。

我们交情不深，因为同选了一门选修课，才会一周一会。课间无聊，也会时常有一搭没一搭地聊点私事。

毕业后我们鲜少联系，直到有一天，我接到他的电话，他让我猜猜他在哪儿。

还没等我开口，他就一声坏笑着抢白了我的话："啊哈！就知道你猜不到，我在贝加尔湖畔。"

然后他就自顾自地说："大学的时候，网络上有个帖子流传很广，说人一辈子一定要坐一趟通往俄罗斯的火车。那时选修课老师正唾沫横飞地讲着糖代谢，你一脸兴奋地拿给我看，结果老师写满黑板的糖代谢示意图没记住，反倒记住了这一路山峦、草原、白桦林、贝加尔湖，就心心念念地想来一趟。"

老掉牙的少年往事，他连各种细节都记得比我清楚。

他说："俄罗斯的女人比你还要壮硕，哈哈哈。"

我说："滚。"

嘴上不饶，心里却一暖。

3.

有段时间，朋友圈流行集赞的活动，S君一连发了许多个，然后恭恭敬敬地群发给好友，要大家帮忙点赞。

那阵子，我工作并不忙，稿子也写得不多，可就连手一滑点进他朋友圈的欲望都没有。

有天，去了个大饭局，S君正巧也在，忙不迭地向我抱怨道，怎么朋友圈的集赞人数总是不够。

我大吃一惊："以你的人脉，我以为你早在第一天就攒齐了呢。"

他苦笑道："哪儿啊！每次集赞我都群发了两三遍，最后都不好意思再发了，可还是没攒够。"

我心虚地没回应，生怕他提起几次点赞我都没有参与的事，甚至怀疑他是不是在旁敲侧击地来影射我。

倒是L偶尔发来的"求点赞、求转发"，等我点开的时候，下面都早已有了他的留言："谢谢各位朋友帮忙，我的赞已经够啦！"

4.

从关系的亲疏来说，我无疑是和S君更熟悉一些的。大学时代，我们共同策划了无数大大小小的社团活动，一起通宵夜战，写策划，拉赞助，熬得双眼通红；一起在散场后，喝着大酒，分享成功的喜悦。

但S君似乎与整个世界都熟稔，他的世界并不缺我一个。和他挑灯夜战过的，不止我一个；和他喝过大酒的，也不止我一个。

他发的状态里，永远都是我不认识的人、我没见过的风景。他跟新朋友出去玩，拍出来的照片里，那一张张笑脸也都是我不认识的人。他的喜怒哀乐多么丰富，却没有一丝一毫关于我的痕迹。

S君让我感受不到自己的存在感，哪怕只是非常微弱与渺小的存在。

有时候我们不得不承认，人类潜藏在内心深处的对爱与关注的占有欲就是这样偏激自私；也不得不承认，除了爱情，友情也同样具有排他性。

这不值得大肆宣扬，成为任何一种抢占或犯罪的原因；却也不该被口诛笔伐，顶多算是上帝造人时，不小心做下的恶作剧。

我们都希望自己成为别人的only one，如果不能，就希望自己至少要比别人特别一点。

就像L对我说："当我看到贝加尔湖的时候，突然就想到了你。"

那一刻，我觉得自己在L的心中，比起别人，多了一湾月牙形的湖泊。

笼络人心有时候很简单：甜言蜜语不用多，就一句微弱的在乎，就是最笃定的友谊见证。

5.

我也犯过和 S 一样的错误，误以为经营好朋友圈，频频获得他人的点赞就是社交皇后。其实，那些点赞的意义不过是"你的生活过得很不错"或者"朕已阅"，而不是"你过得好吗"，"我好想你"。

多用心给朋友一点在乎，贴心地送去问候，两个人拥有的独家记忆，远比一方摇曳生姿的朋友圈来得珍贵。

我最想成为的那个人去了

前些天，新闻报道央视一个女主播英年早逝。

当时我正和廖廖在一起，看到手机上的弹窗，特别随意地对她说："是她啊，这么年轻就去了。"

当时廖廖没说话。我也没放在心上，继续大声掰扯着其他八卦。

到了晚上，我突然听见她蒙着被子抽泣的声音。

我问她怎么了，她抽抽噎噎地说："你知道吗？今天你念给我听的那条新闻里的人，是我曾经的偶像，我最想成为的人。"

——你知道那种感觉吗？你曾经最想成为的那个人去了。

廖廖在大学的时候学的是播音主持。我们是在一个商演上认识的。那时候她穿着一条主办方指定的带亮片的毛绒裙子，主持一个商场的圣诞路演。不知道是不是每一个主办方的品位都出奇差，她明明身材高挑纤细，愣是生生被那条金光闪闪的裙子压成了墩子。

一个插满鸡毛的墩子，满舞台跑着，多可笑。

后来我们熟识，住在了一起。我每每谈及初遇时对她的印象，总免不了谈到那条"火鸡裙"，然后两人就开始插科打诨地批判主办方的烂品位。

直至廖廖谈起这个话题，我才知道那条"火鸡裙"对她而言代表着怎样的耻辱。

那是我第一次看到廖廖眼含热泪地形容一个人。

她说："小时候，我在电视上看见她，就在想，将来我一定要播新闻，穿着正装坐在台前目视前方。即便现在，每天在临时搭建的小舞台上，带着大家做着乏味的游戏，偶尔想起她，就好像突然有了力量。可是现在，她走了，好像有另一个我从我的身体里抽离走了。"

于是，话题突然变得有些悲壮。

我在廖廖学校的专业播音室看过廖廖读严肃的国际新闻时的样子，没有一次如此凝重，那个状态让我永远无法忘怀。

当我们在谈曾经的偶像时，我们到底谈了什么？

我们更像是在祭奠自己失去的理想和曾经难了的夙愿。

有时候，我真怀念那个有无限可能的少年时代，有理由幻想自己变成任何想成为的人。

你小时候想成为什么样的人呢？科学家、老师、画家，还是舞蹈家？

你一定也写过一篇叫"我的理想"的作文，那时候，你写下的那个理想又是什么呢？

那时候说起的狂妄自大的梦想，有多少人是为之努力了呢？

《我的少女时代》里，林真心说："十八岁的我，如果在街上偶然遇到这个女人，一定也会和他们一样，毫不留情地嘲笑她。"

少年时，我们总以为自己满腹经纶，自以为肚子里有些墨水就能指点江山。

没有人在少年的时候想要成为平凡的人，我们大多羡慕那些野史正史里的传奇，却长出了自欺欺人的臭皮囊。

说不失望是假的。你不懂每个曾经有过偶像的人，都在心里暗自揣摩过自己和他最接近的模样。

前一段时间，我因为工作需求去了北京书展，在书展上见到了年少时崇拜的作家。我抓着一本准备请他签名的书，抓到整个扉页都起了褶皱，也没敢上去给他。

崇拜一个人是个什么样的感觉？纵然千万人之上，对他，也得放低身段。

那是我曾经想成为的人啊！少女时代，我多少次把他的书翻了又翻，只为撷取其中的只言片语。我为没能成为他而感到愧疚，好像他已经为我做尽全部，而我没有成为更好的人，都是亏欠了他的。

无论什么时候，我们对于偶像总是怀有这样一种幻想：有一天能穿戴齐整，以鹤立鸡群的姿态站在人群里，一眼就能被他瞧见，就如同衣锦还乡，满心骄傲。

而他走了，连知道这一切的机会都没有了。

好像自己的所有努力都变得空洞，变得失去了意义。

廖廖呜咽了一阵就昏昏沉沉睡去了，而我脑子里却一直回荡着廖廖的话。

"你知道那种感觉吗？你最想成为的那个人去了。"

可我突然想说，正是因为他不在了，我才要继续走。

一直走，走到他还没来得及去过的每一个地方。

我要他知道，我曾经那么想那么想成为他。

我知道，你总有一天会端端正正地坐在主播台前，播一段她没有播过的新闻，用一用她没有来得及用的设备。

　　那就是你最接近她的时候。

1.

我很多年后才知道，何总爱一个人的时候是什么样子。

叫他何总，是因为我们刚认识的时候，他是一个创业公司的老总，在做一个APP的项目。

他说，母亲要他来相亲，是想遇到一个有正经工作、朝九晚五的姑娘。所谓的正经工作就是国企、事业单位、政府部门的工作，我正好占其一。

我开玩笑地称他为"何总"，他也不愠不恼，还夸我性格好，和他平时认识的那些在酒桌上说说笑笑的女孩很不一样。

何总说他母亲是个很传统的人，他不想让母亲不开心。可能当时我被一见钟情冲昏了头脑，就在心里默认他是个孝子。

我猜，当时的我，在他眼里大概也是一个明事理、知是非、懂事乖巧，一直活在父母温床里的好姑娘。

我们都被别人贴了标签，却浑不自知。

2.

交往的过程中，我一直同闺密说，我和何总之间的关系非同一般地好，从来没有红过脸，也没有吵过架。闺密见过他几次，也夸他成熟稳重，说话做事知道分寸。

何总的创业公司在郊区的创意园。那时候他的公司刚起步，赶项目的时候，他就经常整宿整宿不回市区的家。

我都是下午五点准时下班，所以基本都是我搭公交远郊线去创意园。我们就在他单位楼下的咖啡厅见面，每次都是同一家，连老板都对我们熟识了。

他会给我谈一些关于他的事儿。大到公司应该往哪个方向发展、最近的项目做到什么进度、未来的生活是怎么样的一个规划，小到最近在读什么样的书。

我们相谈甚欢，以至于每次在回市区的路上，我都因为之前太过努力交流而耗血伤津，困得靠在公交车窗边睡了过去。

3.

那时候我突发奇想，开始学起了服装设计，看着网络教程随手画画。有一次我的手机里正好存有自己的设计图，就顺道问问他的意见。

何总本身是学画画出身，也精于设计，给我这个初学者的画作提了诸多意见。

人物比例不协调，水彩颜色互相晕染，用来表示材质的细节不够精致，褶皱没有画在该有的位置上，等等。他的每个建议我都虚心听取，并认为能够如此直来直往、大刀阔斧地互相批判是我们爱情稳固的证据。

他看我的作品，首先看到的是哪里画得不好，就像任何一个普通朋友一样，要给这幅画作提出建设性意见。

那时候我们的城市还很流行3D立体画展览。

我身边的很多闺密都带着男朋友一起去，男朋友拿着个不灵光的手机笨拙地给女朋友拍照，再由女朋友在美颜软件中，煞费苦心地修正一下发上朋友圈。

我看大家都在朋友圈里晒着，就也想约何总一起去。但转念一想，一方面觉得他可能太忙，另一方面，一想到要在他面前做那些姿势怪异的造型，我就羞得再也不敢往下想。

他大概不知道我私下也有着"女神经"的一面吧。若是被他看见，该有多糟糕啊！

4.

之后的很长一段时间，我们都保持着这种相敬如宾的生活方式。直到有一天我在他单位楼下的咖啡厅，撞到了他和另一个女孩在一起。

原想给何总一个惊喜，最后却变成给自己一个大大的surprise。

何总很滑稽地抖着包袱，说着不知道是从哪里抄来的老旧段子，逗得那个女孩儿咯咯笑。从我的角度，可以看到他的做作和刻意，两边肩头打着战，努力表现出一副万般配合的模样。

我在后面站了很久，他才注意到我，随即很拘谨地站起来，面露尴尬地问道："你怎么来了？"

我对他笑笑，像是什么事都没有发生一样。毕竟再怎么狼狈，我还是习惯在他的面前保持懂事听话的形象。

之后我们还是一如既往地维持着泛泛之交。可是，我真的很难在记忆里抹掉那天我站在咖啡厅的走廊上看见的那个笑得七扭八歪的背影。

并不是我不想问，而是我不敢开口问。就像明星有偶像包袱一样，我在他面前就有一个"懂事"的包袱。

我只敢旁敲侧击地问问何总的同事和咖啡厅的老板。他的同事都对我遮遮掩掩，反而是咖啡厅的老板一语道破："那个是他的女朋友吧？每次在这儿一坐就是一下午。"

我从来不敢想象何总能和我在一起度过一个下午。我总是害怕打扰他的工作，也怕赶不上远郊的末班公交车。

我总是给自己找借口："他只是'爱无能'，他只是不擅长表达，他已经尽力去爱了，我有什么不满足的？"

5.

经过那一天的事，我们的关系逐渐变得有些疏远。

他的朋友见状，也渐渐地松了口风。他们偶尔会说起，那个女生是他们单位财务部门的，因为对画画有兴趣，所以和何总开始有了接触。

她报了一个周末的油画初学班，偶尔会拿画作给何总看。何总也不吝啬地在年会上夸她："我们公司特别鼓励员工有自己的兴趣，她一个初学者能画到这样的水平，真是了不起。"

他甚至还鼓励她带着画作参加APP的线下活动，或者协助脚本师做一些工作。

有句话叫"没有对比，就没有伤害"。情人眼里出西施的感觉，我这时候才真正明白，而这却不是发生在我的身上。

同样是绘画的初学者，我是需要指导、充满纰漏的垃圾画者，而她是无论画什么都是一纸锦绣的天赋异禀的文艺少女。

我设想过如果他喜欢的是我，我那些绞尽脑汁画的设计图是不是也会被他赞美成绝世无双的画作。可是我无法想象，因为我根本没有见过那样的他。

我纠结了半天，还是放弃了打电话，用短信问他是不是喜欢那个女生。那一刻的我，就像一个拿着证据却仍然不敢把嫌犯绳之以法的法官。

一番沉默，几番拉锯。

他说："陈锦，我们不要分开好不好？我们共患难了那么久。我确实有一刻在你们中间无法选择，但我还是想选择你，我们还像从前那样过日子。"

我知道那一句"我确实有一刻在你们中间无法选择"是什么意思，就是"她确实吸引我，但你好像更合适"的意思。

6.

我可能是被爱的那个，却肯定不是"最被爱"的那个。

区别在于，就算他有车，我还是要千里迢迢寻夫一般绕过三环的堵车去见他。

区别在于，我的画作是值得评判和改进的，而她的画作里，每一笔都是烙在心底的精彩。

区别在于，我和他只聊过未来，却没有聊过现在。

被百分之百爱着的那个人，在爱情里可以保持任性的姿态。我的情商迟钝，但一定是有所感觉，所以才在用百分之两百的努力维系着这百分之五十的爱情。

很多年前看《还珠格格》的时候，听过一句台词。

紫薇对尔康说："你们一起看雪看星星看月亮，从诗词歌赋谈到人生哲学，我都没有和你一起看雪看星星看月亮，从诗词歌赋谈到人生哲学。"

当时以为是笑柄，今日才知句句肺腑。

你爱别人的样子，风姿绰约，艳压桃李。

我们在一起时只是正正经经的，聊的都是无关风月的小事，举案齐眉。

看过他在和别人的爱情里做混世魔王，戏谑人生，我反而觉得有点羡慕。

如果还是在以前我不知道的时候，就能够自我安慰，他本就是那么聪明稳重、审时度势的男孩子。可我见过他在另一种爱情中的样子，比和我在一起更热烈，更激越，更精彩，更有生命力——换言之，更有爱情本来的面貌。

我好像突然就承认了他并不爱我这个事实。

因为见过你爱别人的模样，美好单纯得像个大男孩，才知道，自己从来不曾被深爱过。

你的强大，才是你身边人的底气

我在横店的时候，同宿舍的姑娘，叫蒋荷花。

那部戏的导演是个外地人，他用他独特的口音给蒋荷花改了名字——姜发发，姜活发。

有时候名字特别容易叫也不好，一不小心被人叫顺嘴了，他就时不时喊你一声。

外地导演一会儿想到她，就在现场叫一声：

"发发你过来一下！"

"活发！活发！活发！"

荷花在街道置景的另一头，隔着一百来米路，就听到她嘹亮的回应："听到了！"

然后，看着那小黑点扑棱扑棱地一路小跑，突然间就出现在了监视器后面。

积极，乐观，就像春天里常开不败的花。

她在横店当替身，一般做"文替"，也就是偶尔给女演员试试光，替女演员走个位置，拍一些不露脸的镜头。后来为了多赚钱，也开始做"武替"，因技术有限，只能做最次等的"武替"，替女演员完成一些可能会受伤的镜头。

偶尔回宿舍，能听到她和妈妈聊电话。

妈妈说："花花啊，你什么时候才能带个男朋友回来给妈瞧瞧啊？"

妈妈说："花花，你啥时候上电视，也让妈看看啊？"

荷花就在电话这头，支支吾吾地答着："我过得很好，我今天还看到那个……那个刘恺威，就是妈你喜欢看的那个公子哥……"

她没告诉妈妈，那天她做了替身，拍一段牌匾从塔楼上砸下来的戏，背上刚被道具牌匾砸出了一大块瘀青。

镜头里没有她，也没有她被砸得瘀青的后背。

剧组给她包了个红包，她一打开，拿了钱就撇到包里。

"就这么点钱啊？"

但心里还是感激的，你看那些有钱人对咱多好，有总比没有好。

擦擦离家的眼泪，明天继续背井离乡的日子。

荷花的弟弟不是读书的材料。一个十六岁的小伙子，但凡在读书方面不成器的，按他们村的人的惯例，就是要去工厂或是工地打工讨生活了。

她曾经拿弟弟的照片给我看，一脸得意地夸弟弟"皮相好、人白净、脑子活络"。我拿来一看，就是个相貌普通，问遍满街路人都觉得是说不上好看的男孩子。

"我也不愿意他去，工厂太苦了。"

"我先来混几年，混好了就带他来。他明年放暑假就可以实习了，我就带他过来。"

"我打点了很多关系，认识了很多副导演，"她自信地说，"只要他争气，只要他能吃苦，就一定有机会。"

荷花还对这个世界抱有很多纯洁而朴素的想法。比如说，她觉得她弟弟只要努力一定能红。

这种单纯又执拗的希望，使得我把那句藏在心里没来得及说的"不切实际、好逸恶劳"的话，死死咽进了肚子里。

荷花说，在他们村里，她这个年纪的姑娘，早就要嫁了。妈妈希望她早点嫁掉，也是希望她能有座靠山。

"我也想找个好一点富一点的人家嫁了，可那终究是他的东西。"

荷花说这话时候的神态，依旧固执如她。

"我妈想要什么，不能靠我，只能去求他。我弟弟遇了事情，也要靠他。"

"我不能让一家人都陪着我寄人篱下。"

那天，我们下戏早，坐在床沿，有一搭没一搭地聊着天。

我们一边聊着，一边又像是在互相鼓励着。

我们这么努力寻求独立，不是为了有一天能放弃依赖，而是为了有力量去抱紧想要抱紧的人。

物质能够改变精神，阶级能够击退爱情。我想不到能用什么，来与这个世界的这些无理却始终存在的固有规则辩论。

所以，我只能努力，让我拥有物质，让我处于更高的阶级，让我站在食物链的最顶端。

站在食物链顶端不是为了吃更弱小的人，而是为了保护我爱的人，不要被吃。

不要去指望伴侣、朋友的成功，能对你起到什么惊天动地的改变。"他们的东西"，再多余也是别人的东西，再理所应当也是施舍。

他们的义务仅仅是对你好，那些爱屋及乌，是情理，而不是道理。

所以电视剧里才有那么多"凤凰男"高攀后因为拖家带口，从女方家捞好处而惹人烦的桥段。男方的家人，撕开他们是男方的亲人的这层皮，和女方不过是只有施舍和得到关系的陌生人。

男女互换，同理。只是社会规则暂时对女孩宽松一点，觉得女人在婚姻中得到靠山是理所应当的。可是，这又能宽松多久呢？

大学毕业之后，我非常认真地和我母亲谈过，希望她提前退休，不再出去工作。

她有自己的梦想和想做的事情，我一直都知道。她说起以前在学校里设计衣服的快乐，摸着街上各种材质的衣服说着"我小时候给你设计的衣服，肯定比这个好"时，眼睛都是闪闪发光的。

我不想她等到更老、更需要照顾、更走不动的时候，才开始践行年轻时保有的梦想。

但母亲一直坚持还是要继续工作。

我知道她想一直保护我。

她不靠我，我才会有后路。她独立了，我才能心无旁骛走自己的路。

她知道，若她不独立，这大梁我一个人撑着，肯定会面临放弃的犹豫，出现更好的机会也会不敢争取。

亲人与亲人之间，没有谁要放弃什么去成全谁，母亲比我更懂得这个道理。我没有放弃自己去成全她的必要。

前一段时间，好久没有联系的学姐，突然发短信求我帮她转发一条众筹微信，她的母亲被查出重症，她在网络上筹款。

我在钱上有些谨小慎微，随即给她打了电话确认。

她絮絮叨叨说了好一些话，最后说起"我能解决，也不靠你了，就是希望你认识的人多，帮我四处问问"。

我一点不觉得她们是网络上四处讨要的"贱人"，她们都只是被现实逼迫得无路可走的可怜人啊。

可是我除了晒一张杯水车薪的捐款记录，还能做什么？

我做媒体，可我只是其中最渺小的一根螺丝，没有恣意求助的发言权。我曾在医院工作，可我不是院长也并非主任，挂号也一样要去排队取号。

在亲人朋友遭遇困难时，因为自己的无能，会产生深深的无力感。

母亲老了，偶尔会说起腰不好，或者拿着检查单问我上面的箭号是什么意思。

遇到以我浅薄的医学知识并不能解决的问题，我也像学姐一般疯了似的打电话、发微信、求助朋友圈，想要弄明白箭号下的各种可能性。

之前母亲持续头痛，整宿整宿睡不着，到医院也查不出原因。

我比任何"贱人"都"贱"地开始打朋友的电话，企图从他们那儿获得相似的医案。有些朋友辗转几轮给了我其他医生的电话，而我握着电话，连拨号的勇气都没有。

——我待过医院，我知道这一切是多么惹人厌烦。

我们素未谋面，却想要用"情谊"去交换别人宝贵的时间。

那时候，我总想着，我要是在医院多好，要是我学业精专多好。

再不济，要是我钱财万贯，能带着她四处求医，摆通上下关系也成啊。

这就是为何我们要奋斗，为何我们要独立。

是让他们不在求人办事的时候看人脸色；是为了他们不在夫家人或是丈母娘家人面前受白眼；是为了不让他们在被不公欺凌时，可以有我们真心实意地伸出援手。

这不是"钓个好老公"或是"娶个千金女"可以解决的问题。

你的好伴侣，是你的底气，而你的强大，才是你身边人的底气。

我们都是这么这么平凡，却是那么多人眼中的中流砥柱。

我们缘何努力，不过是，因爱而起。

朋友芝麻和她的老公老张，是我所认识的情侣中最没有仪式感的一对。

对于这件事，芝麻没说出什么所以然来，只是在闲嚼舌根时说起，觉得和老张在一起生活很没激情。

可是我们觉得很奇怪，因为老张实在是个精力充沛的人。他会跟着单位一起去厦门跑马拉松，也会在周末和芝麻一起去登山。每次与老张打照面，都看见他一脸红光满面。

于是，芝麻就碎碎念了一些她和老张之间的小事儿。

老张和芝麻是在大学的时候认识的。那时老张就已经在院际之间做起小生意，如给手机贴膜、给电脑重装系统等。芝麻认识老张，就是因为电脑故障，总修不好，两人一来二去就熟悉了。

芝麻认为这是件特别有缘分的事，每次跟老张一起经过电器商城，她都忍不住要追忆起当初和老张相识的过程。大学时用的那台破电脑早已老化到不能开机，芝麻几次央求老张再修一修，修不好就藏在抽屉里，迟迟不愿丢掉。

结果有一天，芝麻突然发现，放电脑的那个抽屉空空如也，于是就去质问老张。

老张笑嘻嘻地说："没用就把配件拆了呗，拿去卖了。你当年买的电脑真不错，没想到放了那么多年，里面的配件还挺好的嘿！"

芝麻被气得一时血往头上涌，话都说不出。

"那是回忆，你懂不懂啊！那是回忆，是我们之间的纪念呀！"

老张一脸无辜地说："你也没跟我说是回忆啊……这么多回忆，哪能都留得住？"

芝麻做公众号，她总觉得要挑一个合适的时间进行第一次的更新、进行第一次的活动。粉丝破千，对一个做公众号的人算是第一个很小的起步，但芝麻觉得既然是到了一个整数就需要庆祝，于是兴奋地要拉上老张出去吃饭。

结果换来了老张的嘲笑："我们单位公众号的粉丝人数到

了二十万，都没像你这么庆祝的。"

老张是见过世面的，芝麻对这类不值一提的小成就的重视，让他觉得既矫情又无奈。

就像我们总在大年初一的时候给自己写来年的目标，虽然不能实现也会让人在每年的前几天感到雀跃。

当你的人生迈上一个新的台阶，有人和你一起庆祝，跟无人共同庆祝是两个不同的感觉。大多数时候，姑娘们只是在寻找"有人一起庆祝"的陪伴感。

说到仪式感就不能不提到，最能体现仪式感的"节日"了。老张家境普通，所以结婚前的节日，也就纵容他送点巧克力、布狗熊、干花之类的廉价品。

没想到结婚后礼物价值不升反降，从有到无。

结婚一周年纪念日的时候，老张振振有词地说："有什么好过纪念日的，一年、两年和十年有什么区别呢？你看人家把五十年才叫金婚，一年叫纸婚，就说这个爱情比纸还薄，有什么好庆祝的？"

芝麻怒不可遏："你就是到了五十年也不会过的！"

就像毕业有间隔年，仪式感能够创造爱情中的间隔年。爱情也需要有隔断期，而仪式是表达一种"新生活到来"的最好方法。你可以趁此机会，把对过去的不满隔绝在身后，把藏污纳垢的过去，通通清扫完毕。

岁月变迁会给女人带来恐惧感，消除恐惧感最好的方法就是坚定地握着她的手说"就从今天开始，和初见一样相爱"。

在芝麻没有归结出老张"没有仪式感"这个问题之前，她还一直以为老张对她的家人不够上心。

第一次正式见家长的时候，老张带了一个寒酸到不行的果篮，连略微值钱的水果都没有，除了苹果，就是梨和橘子。

问及怎么连保健品都不买，老张理所当然地回答："我以为是陌生的对象才要送，你爸妈又不是不认识我。"

芝麻又是一顿生气："这日子还真是没办法过了！"

仪式给我们提供了一个契机、一个仪式，好让自己在兵荒马乱中隆重登台。

如果你在第一次见面时精心准备了一场仪式，至少证明你在内心深处是动了心思的。无论结果好坏，参与这个仪式的人都会感受到你的用心以及这些事情对于你的重要性。他们也会慎重起来，好好地去看待这件事情。

就像你参与的一场面试，是否穿着职业服，有时候就决定了你的去留。这考验的并不是你的身材、容貌、衣服材质的好坏，更多是在考验你对这份工作的态度。

什么是仪式感？就是把现实生活中平凡的某一天当作一场盛大的庆典，把生活中的一件简陋小物套上情怀的标签。比如，我们在新年前要进行除旧迎新的仪式；建立各种各样巧立名目的节日：双十一、平安夜、白色情人节。

而爱情中的仪式感像是自编自导自演的一场演出，满足自己"爱情至高无上"的心理需求。

我们在五月二十一日十三点十四分跟另一半告白，因为这象征着我爱你一生一世；结婚前一定要和另一半去拍一组像样的婚纱照，因为似乎照片就能见证爱情的巅峰时刻。

在仪式感中的自我暗示，让我们反而能更好地面对感情。

和没有仪式感的人在一起生活是辛苦的，因为你不知道日子从什么时候会重新开始计算。和他在一起的日子总是一成不变地铺陈着，一丝不苟地向前走着，没能来得及停下来歇歇脚步。所以在这段爱情中更多感受到的是"没趣，没激情"。

庆幸的是，芝麻在婚后开启了"老张改造计划"，规定他一年之中必须在几个节日送礼物，记住芝麻父母的生日、两人的结婚纪念日、初见纪念日。

老张虽然在"仪式感"上缺一根筋，但好在还是听话地照做了。

虽然老张还是偶尔会感慨"你们女人，真是麻烦啊"，但芝麻终于找到了点被"仪式感"滋润的感觉，能继续屁颠屁颠地在她的小日子里，找到久违的快乐。

你瞧，大多数的女人多么聪明，自己发明了仪式感用来拯救自己。

你们男人只要乖乖做道具，还有什么不满足的呢？

素来被称为"渣男收割机"的叶璇，终于在三十五岁这年首度承认了恋情，却被网友扒出对方是个"渣男"。对于人证、物证俱全的既定事实，若是他人，恨不得避之三尺，她却抵死维护，一如负隅顽抗的爱情斗士。

这件事，放在任何女星身上都会令人啧啧称奇，唯独放在叶璇身上丝毫不足为怪。早先，她就曾在闺密莫小棋的一期访谈节目《水瓶座叶璇：珍爱生命，远离渣男》中自述过屡遇"渣男"的经历：被有暴力倾向的男友打到多处骨折，冬天穿着吊带睡衣被男友赶出家门，即便如此，她仍为表真心，深夜纵身跳入河里。

我们身边总有种姑娘，似乎她们存在的价值，就在于数数她交往过的前任，才知道世界上居然有这么多风格迥异的"渣男"。

"渣男"铁定是"零落成泥碾作渣"没错。但有个至关重要的问题是——他这么"渣",你为什么赖着不走？

曾经遇到过一个工作伙伴，名叫小茅。芳龄二十八，已经做了单身妈妈。据其自述，从四岁穿开裆裤时，就有了人生中的第一个恋爱对象——隔壁小一班陈老师的儿子，典型的幼儿园"官二代"。

我们一起工作，也常听小茅讲起她的恋爱故事，其惨烈程度为常人所不能及。

十六岁的时候，小茅爱上了清濯白净的未婚生物老师，一个猛子，生生地扎进无比新鲜的爱情里。

少女小茅曾拼了命地苦学生物，只为能在宣布成绩时得到他嘉许的目光，无奈她只是个资质平庸的少女，无论怎么努力，也只能成为众多捧着书本向他问询问题的女孩中的一个。于是她想到了新的办法，既然做不了最好，就做最坏的吧，他是个老师，总不至于坐视不理吧。她开始隔三岔五迟到旷课，往座位旁边扔烟蒂，在上课时把漫画书竖起来，在考卷上明目张胆地写下"我不会"三个大字，终于在某天换来了他的一句："小茅，你以前不是这个样子的，现在怎么变成了这样！"她兴高采烈，以为那是他用心良苦的关心。

十九岁的时候，她脱离了前一段懵懂不智的感情，投身唯美的校园恋情。

男孩在大二时决定考雅思，小茅便放弃了所有的社交活动，买了砂锅，日日煲汤带去图书馆陪他。他屡考不过，她亦等得焦急，几乎天天通宵达旦地陪伴与安慰他。就在小茅去实习的前几天，男孩考上了英国的学校，出国的时候信誓旦旦地说要回来娶她。异地半年后，小茅收到一条短信，大意是，准备长留国外了，分手吧。

二十五岁的时候，小茅终于从前一段恋情的阴影中全身而退，在一次相亲活动中又迅速结了新欢。

婚后不久，男方在外彩旗飘飘，执意离婚。而她则涕泗横流地主动提出要生一个孩子。结果如你所料，那个早已变了心的男人在周围人苦口婆心的劝说下强撑了一段时间，在她十月怀胎时顺理成章地与那墙外红杏喜结连理。

讲完故事，她总是愤愤不平地接上一句"这世界上的男人没几个不渣的"，棒打天下黑乌鸦。

她的每段恋情似乎都具备了时间跨度、身份差异、山盟海誓，写成言情小说都是气势恢宏的，但放在一个二十多岁的女孩身上，未免显得太过残忍。

古人说"门当户对"，诚不欺我，只是现代社会给这四个字赋予更多含义。"门户"不仅体现在物质层面，还有精神层面。若你一条死路踟蹰不行，而他早在五光十色的现代社会里的某个转角消失不见。

你看，你沉湎于爱情里的时间都用于付出，却没跟上他的脚步。所以，他的未来里没有你，这不是显而易见的吗？好的爱情，不应该是把人踩进卑微的尘土里，而是应该引出人生向上的坐标。当你发现爱情已使自己不断倒退、价值大打折扣的时候，不选择离开难道还在等待着自然规律将自己贬值下架吗？

我一直不能理解小茅不遗余力牺牲自己的付出。很久以后，小茅母亲离世，几位去参加葬礼的同事道出了端倪，我们才稍微能理解她对付出的执念。

小茅出生的时候父亲已过世，母亲改嫁，随后又生了弟弟。她的世界像所有受过伤的女孩一样，缺少一种很傻很天真的本能的依赖，并不相信自己能够轻易被温柔对待。

不曾享受过毫无理由的爱，便坚信世界上的一切爱都是等价的，想要获取爱必先呕心沥血地付出成百上千倍的爱。

了解到这一切后，我突然对小茅心生怜悯。其实，她不是热爱付出，而是在爱的交换中，企图用付出换取内心妥帖。

"是啊，我为他付出了这么多，甚至奉献了我自己，他怎么就不领情呢？"

这让我想起一部日本电影——《被嫌弃的松子的一生》，女主角松子的人生就是不断遇上"渣男"，不断倾情付出，再重复地被伤害，她却乐此不疲。

有些"渣男"的进化，是因为女孩一直在扮演着大人的角色，没有教会他负责任。而另一些"渣男"，则是女孩的态度使他认定了，无论自己如何贻害人间，都能轻易被原谅。

何况小茅十分享受自己祥林嫂般诉说着"为渣男上刀山下火海"的经历，以此作为谈资向他人哭诉着旧爱的不善与负情时，亦觉得自己脊梁骨挺拔。

而闻者多如我与我的同事们一样，出于礼节也投去感同身受的目光。这些目光是颇具欺骗性的，让她觉得自己在爱情里占了上风。

有段时间，我患上了很严重的"渣片癌"。"渣片癌"就是对于网上风评很差的烂片，我反而对其心心念念，总想看看它为什么烂。不让我看，我反而挠心挠肺般难受。现在很多影评人也学到了这招"反其道而行之"，当影片质量就算无限夸大也称不上优秀时，便破罐子破摔地往尘埃里贬。

高期望常常换来低回报，害怕伤害干脆就降低期望。大概人总有这种趋利避害的本能，恋爱也同理。有的人患上"渣男癌"就和患上"渣片癌"一样，不拣最对的，只拣最"渣"

的。至少可以将自身先置于道德最高点，再去享受他的亏欠。

这是种"假想爱"，是沉湎于自己的投入中无法自拔。就像一个舞台剧演员在念双人对白时，却罔顾对手的台词，将戏活生生演成了独角戏。结果，观众不喝倒彩才怪。

丧失尊严、立场与是非观，全身心地舍弃自尊来博得的爱是不值得拥有的。爱情是感性的，相处却需要理性。我们常说"恋爱中的女人智商为零"，因此，为免被荒唐的爱情冲得七零八落，偶尔也要将自己抽离出爱情，放在局外人的立场上，看看一味的付出是否超出了两厢情愿的度，并适时调整彼此间落差巨大的投入产出比例。

最后，衷心祝愿你，少看烂片，别遇"渣男"。

1.

学生时代，我常常去看小剧场话剧。

那时，我特别喜欢当地剧团的一个小演员，每次谢幕后都抱着花屁颠屁颠地上台送给她。要是她先收了别人的花，我还非要等她撂下，再送一次。

送的次数多了，一来二去熟悉了，就互相关注了博客。

那时候微信、微博还没流行起来，我们眼里的"网络红人"还是老徐这种级别的。博客上除了正儿八经设专栏写文章的学究，对普通人来说就是内心的自留地。文艺青年们认真写下牢骚苦闷，借此伤春悲秋。

小演员是个湖南妹陀，虽然已经是他们小剧团里的女一号，在舞台上风光无限，博客里写着的却满是自己的忧愁：大到事业遭遇瓶颈，未来方向迷茫，小到在舞台上崴了脚，去试镜被导演嫌弃个子矮，甚至责怪父母早早送她学艺。

后来的一段时间她在本地电视台频频露面，而后北上发展。这几年，她参加了几部影视剧的拍摄，终于从配角成了二线演员。

有一天，我忘记是为了查什么资料，登进了自己的新浪博客。又不小心从时隔已久的访客名单中点进了她的新浪博客，以前的那些文章赫然在目。

我半开玩笑地提醒她："你原来写的那些博客，怎么还没删？"

她反过来问我："你不是也一样？"

2.

我发现越来越多的人，习惯在某一时间突然就清空了所有的旧动态，就像某一种仪式感。

我特别能够理解，这样的行为会给人百废待兴的心理暗示。随着时间日渐成熟之后，看到动态里那个不成熟的自己，我也曾有过芒刺在背的感觉。

但每次把鼠标移到删除键上，我又忍不住地要移开。

我算是在互联网上写生活记事相当早的那一批，小学的时候拥有了百度账号，每天在贴吧里混着，写写百度空间。后来博客流行，就开通了新浪博客。

现在偶尔看到网络上的"小学生化妆大赛"。看到那些技术拙劣却自信满满的小孩子，被围观者充满优越感地议论包围，就感慨当年的网友多么善良，能够包容着，让一个自以为成熟，实则幼稚的小小少年，平安长大。

微博刚推出的时候，我已经在玩微缩版的微博——"饭否"了。二〇〇九年，注册了微博，当时只以为是博客的附属品，没想到有朝一日它会大红大紫。

算算时间到现在，这个自说自话的微博，已经陪伴了我整整七年时间。

在QQ空间里，我写过从小学升初中的时候不知所措的迷惘和困顿，写过升到高中时对周遭一切的不适应，写过自以为成熟，现在看来却矫情又幼稚的武侠小说，还用自己心爱的明星做了同人。写了几首酸溜溜的小诗，就以为自己可以成为诗人。

如此这般幼稚，却的的确确是曾经的我。

3.

每个时代都有每个时代的印记。就像我们都曾经以为QQ空间就是永恒。

几年前，我们还讨论过要先注册一个QQ，挂到一个太阳的级别时再传给自己的儿孙。也设想过，等到耄耋之年，亲戚、朋友的QQ头像逐渐暗掉是多么落寞。也曾真心考虑过，在自己死后，那个有五六十个太阳的QQ号码，要传给谁。

——后来我们才发现，我们是完全多虑了。

百度空间已经消失了。人人网上互相评论的好友都毕业了。QQ上仅仅剩下几个活跃分子轮番发着动态，更多的人留下了灰暗的头像和签名档的新联系方式。曾省吃俭用花钱打扮的QQ空间还是原来的样子，一打开，响起的音乐还是年少时喜欢的那一曲。微信的朋友圈搜索早已改版。微博的时间轴已经不那么管用了，七年间的内容，时常找不到，不时地提醒我"搜索不到您想要的内容"。

可我一条也不想删，甚至幻想着有一天，当心爱的人骑着白马来到我身边时，除了童年相册里那些他错过的容颜，还能读懂那些他到来之前的心事。

我还能在只言片语里找回曾经的自己，她不完美，却一点一点在修缮，像一栋大楼建起前的一砖一瓦。

我一心一意地翻阅着过去的自己，就像树叶要知道自己从那棵树上飘下来，被摘去的花朵知道了自己生长的土壤，心中就有一种踏踏实实的感觉。

4.

我在小学的时候不是一个标准意义上的好学生，虽然成绩尚可，但小打小闹、爬墙上树这些男孩气的事儿没少做。一个小姑娘能掰折课桌腿，在课间操时间，被全班小男孩追着把教室跑了个遍。

那时候在学校里，认识的都是些同样调皮的孩子。下课了，一群人霸着走廊，跳皮筋、踢毽子，不让别人路过。

后来，我们渐行渐远。当年那帮调皮的孩子，有人高中肄业，结婚生子；有人就读中专，走南闯北奋斗事业；有人被保送上了外省重点大学，飞黄腾达；有人混了个中不溜，在生存与理想间挣扎——比如我。

中学时写的QQ空间，曾是我们互相寄予思念的地方。留言板里互相留言，评论里冷不丁地插科打诨——网络留下了最亲近的我们。

5.

我们必然要离开一些人。一些人走入了我们的生命，就有一些人要离去。

在现代社会里，我们与任何人、任何圈子的关系都是那么脆弱，一个不小心或是一个境遇上的差异就足够把两个人拉开很长的距离。

如果回忆只能算是有友情的一部分，那么这世界上大部分的友情都只能在某段时间里成立吧，成为过期不候的少年回忆。

什么叫"无效社交"？"无效社交"是我们从来没有交过心。可是，我们曾经的的确确是那么好那么好的朋友啊，无所不谈，心有灵犀啊。

我没办法再关顾到你未来的生活，可每当我想起那个明眸皓齿的少年曾经那么亲切地出现在我的生命中，就早已不在意你如今相去甚远的容颜。

我想记得我们曾经亲密过的事，我想当我们没话说的时候，还能够把那些陈芝麻烂谷子的事情摆上台面来。

谁会陪伴谁一辈子呢！这句话在任何时候，都是一个无解的方程式。我们能选择什么时候说"初次见面，请多多关照"，却没办法控制，什么时候就迫于无奈地说了再见。

记住曾经的自己，记住曾和你亲密无间的朋友，就是那些日记最终到达的地方。

你可知道，那些你们忙着抹去的黑历史，都是我脑海里时常回荡起的心心念念着的青春回声啊。

1.

我在上大学的时候，去一家美食企业兼过职。

那家美食公司集团化程度很高，在本地数一数二。创始人已经七十岁了，年轻时风里来雨里去，留下了一个儿子继承家业。但她每天习惯性地下车间溜达溜达，跟熟悉的老员工们问个好。

第一次见创始人是在集团大会上，她紧随儿子之后出场，化着淡淡的妆，短头发大波浪卷，纹着眉毛和唇。虽然化了妆，离现在流行的日韩妆还是有些距离，看上去都像是她那个年纪的人的做派。

但一切都显得是那么一丝不苟，细腻精致。耳上有银打的耳环，连拢在耳后的鬓发都服服帖帖。

她一开口就是一副吴侬软语的腔调，有些嗲气地说："我亲爱的孩子，你们怎么连口红都没涂呢？我今年七十岁了，每天早上起来做的第一件事情就是抹口红呢！"

那时候才二十一岁的我，却在一个七十岁的老人面前，突然对自己的容貌自惭形秽起来。

之后她又讲了许多柜台礼仪的知识，譬如怎么用双手接过顾客的东西，怎么用婉转的语气拒绝顾客无理的要求，如何给顾客以赏心悦目的形象……

七十岁的她站在我面前，仿佛一只老去的孔雀，高高地竖着它的尾翎，颜色陈旧，可仪态还在，你还可以通过她高翘的尾翎，看出她年轻时的高傲模样。

她教会了我，就算形容枯槁，也要用一支口红给自己最有希望的暗示。

那时的我穿着工作服，素面朝天，面若清汤寡水。在最初忙碌时，不顾灰头土脸，还能自我安慰是"勤劳"。而我扬扬得意的二十一岁花季，竟比不过一个七十岁老人在生活上的精致。

2.

大三暑假的时候，我在熟识的导演那儿做场务，遇到一个花甲之年的老人。

刚见面的时候，他穿着戏里角色的深草绿色的衬衣，画着老年妆——大概在所有的化妆师眼里，老年妆只有一个样子，就是一伸手全部都是褐色的老年斑，皱纹深深地嵌进眼角里。

我当时想，他已经有五六十岁了吧！这一大把年纪还出来拍戏，还是个农村戏，每天得在盘山公路上转悠一两个小时才能到拍摄地，多辛苦啊。

没料到，后面几天，我在车上呕得不行时，一个人过来拍拍我的背。我吐舒服了，抬头一看，竟然是当日那个穿着深绿色衬衫的老演员。

他开玩笑地说："我这老骨头都能经受得住这折腾，反倒是你个年纪轻轻的小姑娘先吃不消了。"

在现场，他不仅完成演员的工作，还顺道帮道具组贴贴海报，帮灯光组挪动灯位，甚至对我这个小场务也照顾有加，偶尔迷糊劲头来了，丢了通告单，他也总能帮我找到。

演戏时他一丝不苟，要他背诵的台词从来没有见他错过。要是对手的演员记不住词儿，他使慈眉善目地看着他，不恼，也不愠，看得对手都不好意思在这么高龄的老人面前错下去。

老人说他年轻的时候是个自来水厂的工人，到退休了闲来无事演演戏，了了年少时的夙愿。

偶尔到了空旷的地方，对着空山就高唱一曲老《三国演义》里的"是非成败转头空，青山依旧在，几度夕阳红"。

3.

这段时间在微博上有老人斗广场舞的视频，下面有许多评论都在嘲笑，我想，大家并没有什么恶意，只是总觉得人到了某个年纪，就该好好在家带孙子，在外抛头露面总归是不好的。

评论中有一句话，听起来挺刺耳，我却觉得是赞美——"看样子，老太太当年也是个舞界的扛把子。"

是啊，或许她不是"舞界一姐"，但年轻时一定也有颗美好的心。

但我们遇到"碰瓷大爷""强迫让座的大妈"，就仗着我们拥有主流的话语权，嘲讽他们倚老卖老，是旧社会余孽。其实，我们不过是恰好遇到变老的坏人。

那些变老的好人，活得和"老炮儿"似的，别提多敞亮了。

或许他们年轻时没做什么翻云覆雨的事儿，不够格做"老炮儿"，那也算是"老枪儿""老子弹儿""老刀把儿"，一手把时间劈得豁亮。

我们都奋力厮杀在他们看来都是些小把戏的事情上，这不无道理。

在安稳的世间做个纸笔英雄，都不如在乱世里做个缩头小辈来得艰辛啊，也怪不得他们一副蔑视众生的样子。

4.

平日里我看到一些老人学着网络用语总是觉得很凄然，他们明明已经度过了他们的时代，却要为了附和潮流讲一些不属于他们的话。

后来，我才发现，他们根本不惧。

他们年轻的时候就不惧怕格格不入，瞧不起斤斤计较的少年，老来依然不怕，这胆子是越来越往肥了养。

他们恪守着自己的规矩。只是这些所谓的"规矩"，早已随着时代变迁，变得不入流。

他们有资格偶尔讲起当年鸭绿江畔英勇杀敌的往事，也雄赳赳气昂昂想在年轻的洪流中分一杯羹。

偶尔怀念起往日时光，那时候的日子多好过，连吹过来的风都是甜的。

邻河的姑娘扎着泛绿的头绳儿，投来的眼神都是香喷喷的。

他们赶不上时代，却也瞧不起这污流湍急的时代，年轻人说他偏执，他面上不屑，或许心里更是不屑的：这些后生仔都是什么玩意儿？

却又禁不住地悲怆：俱往矣啊，俱往矣。

我不乐意用"老当益壮"来形容他们，"老"这个词适合于不曾开天辟地的平凡人，不用来形容风驰电掣的人生。那还一副叱咤风云的模样，仍旧分毫无改。

英雄，即使老了，还是老英雄啊。

少年，即使老了，也是老少年啊。

最好不过如此：这一波风平浪静了去，路过的人们却知道，他是曾经的涟漪。

谢谢他们到了一把年纪还在教我们怎么一丝不苟地爱着这个世界。等我老了，也要像他们一样。